徳 間 文 庫

ある実験

一人選べと先生が言った

両角長彦

徳 間 書 店

目次

0　要求

二十年前の六月十二日、S大社会かがくぶ・中平幸雄心理学けんきゅうしつでおこなわれたじっけんのしょうさいを、きょうの二十四時までにwebしんぶん「リアルペーパー」の読者とうこうらんで広開してください。日づけがかわったじてんでとうこうがされていなければ、ぼくはころされます。　中平郁雄

（原文鉛筆書き・誤字ママ）

1　川津康輔

八月七日午後七時四十五分、T区××署内に於て参考人川津康輔（四十一歳・塾講師）の聴取開始。担当は警視庁捜査一課・伊南村孟。

「お忙しいところ御足労いただき、恐縮です」伊南村刑事は頭を下げた。

「二十年前の実験に参加された五人の元学生の方々のうち、連絡のついたのはあなた一人しかいなかったものですから」

「はあ」川津康輔は、自分より五歳年上だという伊南村の顔を見ながら、人格的な意味だけではなく、物理的な意味でも、堅そうな人だなと思った。

川津は鏡で自分の姿を見るたびに、運動不足であることを自覚させられている。痩せ型なのにもかかわらず腹が出てきているし、顔は変に白く、むくんだようにふくれている。頬をたたけば、水を詰めた風船でもたたいたように振動しそうだ。

伊南村の顔は振動どころではない。真っ黒に日焼けしているうえ、原木を彫刻刀で削ったように頬がこけている。顎は四角く、髪形まで四角い。直線だけで構成された顔だった。たたけばコンと音がしそうだ。

　川津のいるのは、いわゆる取調室ではなく、会議などにも使われると思われる、公民館の集会室のような部屋だった。壁際にはテーブルや椅子が折り畳まれて置かれている。いま室内にいるのは川津と伊南村の二人だけだった。小さなテーブルをはさんで、向かい合わせにすわっている。テーブルの上には電話が置かれている。

「時間がさしせまっておりますので、聴取を始めさせていただきます」伊南村は腕時計を見ながら言った。「さっきも説明したように、犯人は現在、中平(なかひら)先生の息子の郁雄(いくお)君を人質にとって、どこかにひそんでいるものと思われます。いま午後八時をすぎたところです。今夜の二十四時までに、つまりあと四時間以内に実験の内容をｗｅｂ新聞に投稿しなければ、郁雄君の命は保証しない。これが犯人の要求です」

「四時間——」川津は思わず口ばしった。

「そうです。四時間です。どうかしましたか？」伊南村は川津の顔をうかがうように見た。

「いえその」川津は口ごもりながら言った。「偶然だなと思って」

「偶然？　何がです？」

「それは」川津は言いかけてやめた。「いま言ってもわからないと思います。おいおい説明します」

「まあいいでしょう。中平幸雄（ゆきお）さんは、あなたが大学の時の先生だったわけですね」

「先生というか、一度ゼミをとっただけですが」

「最近会われたことは？」

「ありません。大学卒業以来、一度も」

「先生の奥さんの理枝（りえ）さん、息子の郁雄君とも？」

「一度も会ったことはありません」

「郁雄君が養子だということは知っていますか？」

「知りません。初めて聞きました」

「二人の間には子供ができなかったので、六年前、親族の息子の郁雄君を養子にもらったんだそうです——。犯人の言う実験のことを、覚えていますか？　もう二十年になるわけですが」

「よく覚えています」川津は大きくうなずいた。「きのうのことのように」

①男（25歳・無職）

「私は薬をのんだふりをして、のみませんでした。逃げようとすると、父が足にしがみついてきました。どうせみんな死ぬんだからその前に家族そろって死のうと言いました。母と博幸と政美は、もう動いていませんでした。父の顔は人じゃないみたいでした。私は父の頭を足で蹴りました。何度も何度もです」

　本人が十歳のとき、父親がノイローゼの末、一家心中をはかった。両親と二人の兄妹が死に、この子だけが生き残った。現在親戚の家に引き取られているが、この十年、社会との接触を断ち、自室にひきこもりつづけている。

――あなたは、自分に選ばれる価値があると思いますか？

「選ばれるって、何にです？」

――地球最後の日に生き残る者の一人に、です。

「生き残ることのつらさを、今までさんざん味わってきました。もうこれ以上、選ばれたいとは思いません」

「では」伊南村は身を乗り出した。「いまここで、それを思い出していただくことはできますか？　できるだけ正確に」

「できると思います。ていうか、しなきゃなりませんよね。人の命がかかってるんですから」川津は言った。「しかし、あの実験の記録ということであれば、中平先生本人が残しているのでは？」

「それが駄目なんです」伊南村は首を振った。

「中平先生はあいうことになってしまいましたし、過去の研究データが入っていると思われるパソコンのパスワードは不明で、奥さんも知りません。ノート類を調べさせていますが、素人の目には何のことだか——」

「あの先生は、昔からそうでしたね」川津はうなずいた。「ミミズののたくったような文字を書く人で、本人以外誰にも読めないんです」

「いまのところ頼りになるのは、あなたの記憶だけということになります」伊南村はそう言いながら、また腕時計を見た。

「あと三時間五十五分以内に、あなたから聞き取った内容を文書化し、ｗｅｂ上にあげなければなりません。犯人をひとまず納得させるには、そして郁雄君を救出するための時間をかせぐには、これしか方法がないんです。ご協力いただけますね？」

「もちろんです。ただ、なぜ犯人は、二十年も前の実験のことを知りたがるんでしょう。大体その犯人は、何者なんでしょう？」

「それを知りたいのはわれわれの方です」伊南村はじろりという感じで川津を見た。

「あなたの方には、何か心当たりはありませんか？」

「二十年前の実験……」川津は顎に手をあてて考えながら、ひとりごとのように言った。「やはり、あの十六人のうちの誰かってことになるんでしょうかねえ」

②女（27歳・パートアルバイト）

「離婚歴五回、いま独身です。五回のうちいずれも、悩みに悩みぬいた末にようやく決心して、式をあげたその途端に後悔しました。なぜよりによって、こんな最悪な男を選んでしまったんだろうって。選んでかすをつかむとは、私のためにあるような言葉です」

――あなたは、自分自身に選ばれる価値があると思いますか？

「選ばれるって、何にですか？　私が興味があるのは、選ぶことの方です。一生に一度でいいから、正しい選択をしたいです」

「あの十六人とは？」伊南村がたずねた。

「十六人の中から一人を選べと言われたんです」川津は答えた。

「十六人の中から一人を？」

「そうです。①から⑯まで番号のついた十六人です」

「十六人の中の一人を、五人の学生を使って選ばせる――それが中平先生の実験だったんですか?」

「最初は五人だったんですが、事情があって一人減り、二人減り……。あっそれと、制限時間がありまして、四時間以内にやれと言われました」

「四時間――。それでさっき四時間と言ったんですか」

「そうです。二十年前の実験の制限時間が四時間、そしていま、犯人の要求しているタイムリミットまで、あと四時間弱なわけでしょう。ふしぎな偶然だなと思って」

「しかしどういうことです? どういう実験なんですかそれは。その十六人は何者なんですか?」

「すぐ説明しろと言われると困るんですが」

「十六人の名前を覚えていますか?」

「まあ待ってください。一足飛びにそう聞かれても困ります。階段を一段ずつのぼるように、最初から思い出していきたいんですが、かまいませんか?」

「もちろんそれでけっこうです。なにしろ二十年も前のことですからね。あなたの話したいところから、話したいように話してくださってかまいません」

「二十年前の六月といえば、僕は大学四年でしたが、思い出すのは就活――就職活動のことです。内定どころか、最終面接にさえ一つも進めないという、ひどいザマでして」川津は、いま思い出してもいやな感じだというように顔をしかめながら、話し始めた。「自分が就活の流れから落ちこぼれた現実を認めることができず、悶々としていました。と同時に、地球最後の日が近いというので、ビクビクしていました」

「地球最後の日？」

「噂です」川津は苦笑した。

「有名な地震学者が、近いうちに重大発表をすると予告した数日後に、自動車事故で死んだんです。発表をさせないために消されたんだという噂が立ちまして、その発表内容というのは、近いうちに地球規模の大変動がおきて、人類の半分が死ぬというものので、もちろん何の根拠もないデマでしたし、いま考えれば笑い話なんですが、選ばれないやつらはみんな信じていました」

「選ばれないやつら？」

「いくら就職活動をしても面接まで進めない、僕たちのような連中のことです。不幸な人々がいちばん強く願うのは、他人がより大きな不幸に見舞われることです。

　あのころの僕にとって、することといえば、同じように就活が不調な友達と、地球最後の日をネタにダベるくらいしかありませんでした。駄目なやつが駄目なやつとつるんで、だらだらと時間を過ごすんです。その日も大学の食堂で岡崎とダべっていました。岡崎というのは、いつも三百三十円のカレーライスしか食べないやつなんですが――」

「最終面接で、あれを信じているかと聞かれたやつがいるんだってよ」岡崎は、カレーライスをスプーンでかきまぜながら言った。

「あれって、地球最後の日か？」川津は自分もカレーを口に運びながら聞きかえした。

「ああ」

「そんなこと聞くなんて、どこの会社だよ？」

「外資系だそうだ。あれが日本の学生の間でブームになってることに興味を持ったらしい」

「で、その学生は何て答えたんだ？」

「『まったく信じていません』と答えた。で、二週間後に不合格の通知が来たそうだ」

2　選ばれない者たち

「なぜ⁉」川津はスプーンの手を止めてたずねた。

「おれに聞いたって知らんよ。会社にもなにか考えがあったんだろ」岡崎はカレーライスを口にほうりこんだ。毎日不合格通知を受け取ってばかりいるため顔色は悪く、目は神経質につりあがり、追いつめられた小動物のような切実な色をうかべている。自分も同じ目をしているのだろうかと、川津はやりきれない思いだった。

「信じてますって答えたらよかったのか？　みんな地震で死にます、御社の日本文社も消えてなくなりますって言えばよかったのか？」川津はたずねた。

「信じるか信じないかの二択じゃなく、もっと幅広く考えろということだよ。『確かなのは、あれを信じる人が現実に、それも大勢存在するということです。信じる人、信じない人、双方の意見に耳を傾けるべきだと思います』と答えたらよかったんだ」

「そんな答え方、時間をかければ思いつくだろうが、とっさにはなかなかできんぜ。まして最終面接の、あの雰囲気の中で」

「会社も考えてるんだよ。マニュアルにないようなひねった質問をぶつけて、相手の反応を見ようとしてるんだ。不完全であっても自分なりの考えをひねり出せる学生ならよし、そうでない学生はハネるってことだ。ま、おれなら、どんな変化球の質問をぶつけられても完璧に答える自信があるけどな」

「自信たっぷりなのはいいが、それ以前に、最終面接そのものに進まないことにはな」胸を張っている岡崎にむかって、川津はちょっと意地の悪い笑みを浮かべた。

「君は集団面接で足切りされてばかりで、一度も最終面接まで行ったことがないんだろ。今までに落ちたの三十社だっけ？」

「それはおまえだって同じだろ」岡崎は川津をにらみつけた。「マスコミ志望だなんて言いながら、新聞、出版、テレビ、みんな門前払いじゃないか。だいたい高望みすぎるんだよ」

「一社くらいひっかかると思ったんだけどな。世の中甘くないなあ」川津はため息まじりに周囲を見回した。

「同じ大学なのに、なんでこんなに差があるのかな。そりゃ成績はあまりよくないけど、おれに限った話じゃないし。集団面接の時の印象がよほど悪かったのかな。やっぱりセミナーに通っときゃよかったかなあ」

昼休みの学生食堂はほぼ満席で、あちこちのテーブルに男女学生のグループができている。少し前まではみんなスーツ姿で就活のための情報交換に余念がなかったが、今は男女ともにカジュアルな服装だ。つまりみんなすでに内定を得ているので、スーツ姿で登校する必要がないわけだ。

かれらは人格を使い分けることができるのだ。カジュアルな服装からスーツ姿になることで、内面までが就活用の人格に切り替えられ、それがすめば、またカジュアルな人格に戻って友達と談笑する。この使い分けができない者は、川津たちのように落ちこぼれるしかない。

六月の時点で一つの最終面接にも進めずにいるということは——もちろん、まだ二次三次の募集があるとはいえ——今年度の就職は、ほぼ絶望的であることを意味する。上昇気流をつかまえきれず早々に墜落してしまった凧(たこ)のようなものだ。こういう学生が毎年十五人に一人の割合で出る。一年生、二年生の時の川津たちはそれを嘲笑(ちょうしょう)していたが、いまや自分たちが下級生たちから嘲笑される立場になっている。

就活という流れから取り残されたのだ。みんな船に乗れたのに、自分だけは乗れない。岸壁で指をくわえて立ち、出港していく船を見送ることしかできない。

「なぜおれを選んでくれないんだ！」岡崎の声は血を噴くようだった。

「おれは確実に世の中の役に立つことができる。面接に進めさえすれば、そのことをわかってもらえる自信がある。なぜその機会を与えてもらえないんだ。なぜ誰もおれを選んでくれないんだ！」

「結局、人格なんじゃないかなあ」川津は口に運びかけたカレーライスを皿に戻しながらつぶやいた。食欲がなくなりかけている。

「人格？」

「就活用の人格を身にまとえているか、会社はそこを見てるんだよ。みんなはまとえている。おれたちはまとえてない。そういうことなんだ。ああ、就活用の人格が欲しいなあ。どこかで売ってないかなあ」

「売ってるわけないだろ。くだらんこと言いやがって――。おまえらなあ、内定もらったって、どうせ死ぬんだぞ」岡崎は、近くのテーブルで談笑しているグループを陰険な目付きで見ながら、低い声で言った。

「もうすぐ地球最後の日が来るんだ。何をやったって無駄なんだ。ざまあみろ」

③男（42歳・起業家）

「友達の友達から聞いた話だけど、地球最後の日がきたとき、死ぬやつと助かるやつは、もう決まってるそうだ。なぜかっていうと、起こるのは人工地震だからなんだ。世界中の過激派とか社会不適合者とかを一カ所に集めておいて、そこで地震をおこすんだ。あとこれも、友達の友達から聞いた話なんだけど——」

——あなたは、自分自身に選ばれる価値があると思いますか？

「もちろんあるよ。僕の友達の友達には代議士がいるし、有名女優がいるし……」


「君は、あれを本気で信じてるのか？」川津は聞いた。

「信じちゃいないが、信じたくなるさ。だって——」岡崎はそこで口をつぐんだが、言いたいことはよくわかった。不運に見舞われた者にとって最後にできるのは、他人がより大きな不運に見舞われるよう祈ることだけだ。たださすがに岡崎も、それを口に出してしまったらよけい自分がみじめになることはわかっているらしい。

すでに数十の会社から不合格通知を受け取っている川津たちは、自分たちは世間から必要とされていない存在なのではないかと思い始めていた。嫉妬、ひがみ、自分でもいやになるような負の感情ばかりが、梅雨時のカビのように心の内面を覆っていく。ほかのみんなは選ばれるのに、なぜ自分たちだけは選ばれないのか。世間には意志のようなものがあって、それが自分たちを排除しようとしているのではないか？「ところで、あれって、本当に地震なのかな」川津は少しでも気分をかえようと、話の方向を変えた。「ほかの可能性はないのかな。核戦争とか、伝染病とか」

「何でもいいよ」岡崎は投げやりに言い、カレーライスの最後の一口をほおばった。

「みんな死んでくれりゃそれで――」

「ちょっといいですか？」すぐ横から男の声がし、川津たちはそちらを向いた。

いつの間にか、いやに色の白い、痩せた男子学生が、ビラを手に立っている。

「お二人の話をずっと聞いていました。いよいよ審判の日が近づきましたね！　神は今、救済する者のリストを作っている最中です。リストに載った者だけが生き残り、そうでない者は死にます。どうです、リストに載りたくありませんか？」

④男（63歳・新聞配達）
「今まで生きてきて、いちばん嬉しかったことですか？　そりゃ、集金に行って喜ばれたことですよ。新聞の集金ですなんて言うと、たいていはいやな顔されて、怒鳴られたり憎まれ口たたかれたり、ひどい時は水ぶっかけられたりするんですが、その時だけは、いやあよく来たな待ってたよなんてニコニコして、半年近い

滞納分をまとめて払ってくれた上に、五千円のチップまでくれたんです。競馬か何かで当てたんでしょうが、この齢まで仕事してきて、あんなことは後にも先にも一度だけです。それ以外、いいことなんてひとつもなかったですね」

——あなたは、自分自身に選ばれる価値があると思いますか?

「選ばれてもいいと思いますよ。今までいいことひとつもなかったんですから」

川津はうんざりする思いだった。こいつらから声をかけられるようになったら本当に終わりだ。

こいつらは「すでに選ばれた連中」には決して声をかけない。失敗につぐ失敗で、世間に対する恨みをつのらせている「まだ選ばれてない連中」だけを目ざとく見つけては、腐肉の匂いをかぎつけたハイエナのように喜々として忍び寄ってくるのだ。つまり自分たちは今やそういう腐臭を発する存在になってしまっているわけだ。世の中から必要とされない自分たちは、こういう連中からしか声をかけてもらえない。しかも、それを嫌悪していられる今のうちはまだいいが、そのうちもっと精神的に追い詰められてきたら、自分からこいつらの膝にすがりつく羽目になるかもしれない。ああ、いやだいやだ。

「たとえ世の中から理解されなくても、神はわかってくださいます」男子学生は川津の内心にはおかまいなく、身を乗り出してきた。「最後の審判の日、箱舟の上から、溺れ死ぬ者たちをあざ笑ってやりましょう。今日の午後、説明会があります。おいしいお茶とお菓子も出ます。ぜひ――」

「うるせえな、あっち行けよ！」ビラを手渡そうとする学生にむかって、岡崎はうるさそうに手を振った。

そう言わずに、となおもビラを押し付けようとする学生の前に、岡崎は立ちあがった。「行けってんだ。殴るぞ！」

岡崎は身長が一九〇センチ近くあり、知らない人が見たら格闘技でもやってるのかと思うほど、がっしりした体格をしている。男子学生は岡崎の顔を見上げ、少しだけひるんだようすを見せたが、すぐにまた、もとの笑みを浮かべて言った。

「かわいそうに。あなたがたは、みずからが救われる道をみずからの手で、たった今閉ざしました。神はあなたがたの名をリストに書き入れることはないでしょう。あなたがたは神に見捨てられたのです。本当にかわいそうに！」

かわいそうにかわいそうにと言いながら、男子学生は去っていった。

「世間から見捨てられ、神様からも見捨てられたか。へっ、どうでもいいや」岡崎はつぶやきながら腰をおろした。

「もう決まってるのかな」川津はぼそりと言った。「あれのとき、誰が死んで、誰が生き残るのか」

⑤女（16歳・学生）

「あたしには人の心が読めます。わかりますよ、あなたが何を考えてるか」

——では、それを言ってみてくれますか？

「ほら、みんなそう言うんです。だめですよ、そういう質問をするというのは、あたしの能力を疑ってるってことなんですから。あたし、人に疑われると能力が発揮できないんです」

——あなたには、自分自身に選ばれる価値があると思いますか？

「愚問はやめてください。あたしはすでに選ばれているんですから」

「気になるのか？」岡崎は口をゆがめて笑った。

「なら説明会に行けよ。お茶飲んで菓子食って洗脳されて、あいつと同じようにビラ配って回るようになればいいんだ」

「今のところはまだ、そんな気にはならないが」川津は、もうからになった皿をスプーンで意味もなくひっかきながら言った。「ただ――」

「ただ、何だ？」

「おれみたいなやつは、どう考えても生き残れるとは思えない。生き残る側に回してもらえるとは思えないんだ。ま、別にいいんだけどな。どうせ、就職も満足にできない、生きてても何の役にもたたないような、世間のゴミなんだし。ああ本当に、人格の切り替えさえできたらなあ――」

「もういい！」岡崎はきたないものを振り払うように手を振り、立ちあがった。「学校にいてもムカつくだけだ。映画でも見に行かないか？」

「いや、午後の民法に出るよ。あれは出席だけしとけばいいし」

岡崎と別れた川津は、食堂横のトイレに寄っていこうかと思ったが、講義のあるC号棟へ行ってからでいいだろうと、歩を進めた。

人の運命は、なにげない瞬間の、なにげない選択によって決まるものだなと、川津はあとになってから思った。ここでトイレに寄っていたら、あの実験に参加することはなかったのだから。

C号棟に行くには本館の前を通るのが近道だ。本館前の掲示板には、就職に関する貼り紙の上に貼り紙がはりつけられて日めくりカレンダーのようになり、それが風に吹かれて、パラパラとはためいている。この場所は就職活動の最盛期には黒山の人だかりだったが、今はもう誰もいない。

足早に行き過ぎようとした川津の足元に、一枚のビラが風に吹かれてすべってきた。川津は何の気なしにかがみこみ、それを拾いあげた。

実験参加者募集　六月十二日（日）午後一時から五時まで　謝礼一万円
参加希望者は、109号・中平幸雄心理学教室まで。

「すまんすまん。もう締め切りなんで、はがそうとしてたんだ」

度の強いメガネをかけた、痩せた三十代の男が駆けよってきて、手をのばした。蒸し暑い時期なのに茶色の丸首セーターを着ている。かなりの猫背だ。

「中平先生」川津はビラを手に持ったまま、相手に頭を下げた。「一年の時、サブゼミを取らせていただいた川津です。覚えていますか？」

「ああ、川津康輔君か」非常勤講師の中平幸雄は、すぐに思い出したらしく、うなずいた。「いま四年だろ。もうどこかの内定もらったかい？」

この中平が二十年後に惨殺されることになるとは、本人も含めて誰一人予想していなかっただろう。

3　中平幸雄

八月七日十五時過ぎ、中平幸雄（47）の妻・理枝（41）は買い物のため外出した。中平と長男・郁雄（9）の二人が留守番のため自宅に残った。

十五時四十五分、理枝は中平と電話で話した。中平は「来客中」と言ったが、客の身元は不明。

十六時十三分、理枝は自宅に電話したが、中平は出なかった。

十七時近く、理枝が帰宅すると、中平は仕事場にしていた二階の部屋で血だらけになって倒れており、郁雄の姿はなかった。

理枝は警察と119番に通報し、中平は病院に搬送されたが、間もなく死亡が確認された。全身十数カ所を刃物で刺されていた。

警視庁は、十五時四十五分から十七時の間に何者かが中平宅に侵入し、中平を殺害したうえ郁雄をつれ去ったと見て、捜査本部を設置。現場に残された手紙は、犯人が郁雄に書かせたものと思われる。

二十年前の六月十二日、S大社会かがくぶ・中平幸雄心理学けんきゅうしつでおこなわれたじっけんのしょうさいを、きょうの二十四時までにwebしんぶん「リアルペーパー」の読者とうこうらんで広開してください。日づけがかわったじてんでとうこうがされていなければ、ぼくはころされます。

中平郁雄

「あいつです、石井秋夫です!」夫を殺された上に長男を連れ去られた中平理枝は、半狂乱になって捜査員に訴えた。

「だから、早く何とかしてくださいって言ったじゃないですか!」

確かに数日前、そういう訴えが所轄署に出されていた。

理枝は学生時代に石井と交際していたが、喧嘩別れし、その後中平と結婚した。

石井と理枝が初めて会ったのは、二十年前、婚活パーティの席上でだった。

当時二十三歳だった石井は、理枝に対して強い好意をいだき、交際をもうしこんだ。

石井は、その後半年間で、理枝に二千万円を貢いだとみずからのブログ上に記している。

当時複数の男性と交際していた理枝は、石井のことは適当にあしらうつもりだったと思われる。研究のためのサンプリングをしていた中平と知り合ってからは、急速に中平と親密になり、逆に石井とは疎遠になった。このことを不服に思った石井は、ストーカー行為をくりかえし、警察から注意を受けた。

石井は、今後理枝には近づかないという念書を書いた。みずからのブログでこう記している。

> 彼女はある時から突然、人格が変わりました。もう僕の愛していた彼女ではありません。こっちから願い下げです。

その後の石井は他の女性と結婚し、子供ももうけ、平穏に暮らしていた。会社員としての仕事もまじめで、ストーカー行為をすることもなかった。二十年近く、理枝に接触することはなかった。

その石井が最近になって、理枝へのストーカー行為を再開したというのだろうか。なぜ？　石井は現在所在不明で、連絡がとれない。

中平が殺害されたあと、警察は理枝に聴取した。以下はそのテープの一部である。

――石井から恨みを買うようなことをした覚えは？

「ありません」

――最近、石井と会いましたか？

「会っていません」

――あなたは二十年前、中平さんと結婚する前には、複数の――かなり多くの男性と交際していたそうですね。

「なぜそんなことを聞くんです？　あのころのことは思い出したくありません」

――聞かれると都合の悪いことなんですか。

「今度のことには関係ないはずです」

――どんな些細なことでもいいですから、思い当たることがあるなら話してください。お子さんを助ける手がかりになるかもしれません。

「話せることは全部話してます」

――郁雄君を養子にもらわれてから六年ですね。

「はい」

――郁雄君との関係はうまく行ってましたか？

「（突然大声で）何が言いたいの、郁雄が養子だから、愛してないから、どうなってもいいと、あたしが思ってるって言いたいわけ？」

——誰もそんなこと言ってません。

「石井のやつ、ぶっ殺してやる。郁雄にもしものことがあったら、あんたら警察も全員……だめ……」

——えっ、何がだめなんです？

「だめ、戻って……」

——どこへ戻るんです？

「（不明瞭）」

——何と言いました？

「すみません、ちょっと興奮しちゃって。もう大丈夫です」

まだ石井が犯人と断定されたわけではないが、石井と理枝との関係、石井が現在行方不明であることを考えると、その可能性は高い。

玄関から二階の仕事場までの範囲に、争ったような形跡は見られない。中平は犯人に対して警戒することなく、すすんで仕事場まで案内したのだ。テーブルには、中平が犯人のために用意したと思われるコーヒーまであった。コーヒーカップは床に落ちて割れていたが。

仮に犯人が石井だとすれば、こういうことが考えられる。

石井は、何らかのことについて――おそらく理枝のことについて――中平と談判した。話がこじれ、石井は衝動的に中平を刺し殺した。ここまではよくある展開だが、そのあとが不可解だ。

なぜ石井は二十年前の「実験」の詳細を知りたいと思ったのか。中平の長男を誘拐するという挙に出てまで？

警察は付近の路上に設置された防犯カメラの映像を調べているが、いまのところ不審な人物の特定には至っていない。

事件発覚から二時間半後の十九時四十五分、当時の実験の参加者だった川津康輔を署に呼び、聴取を開始。

「石井秋夫をご存じですか？」伊南村は川津にたずねた。

「知りません。そんな名前、いま初めて聞きました」川津は答えた。

これが今の石井です、と伊南村が差し出してきた写真を川津は見た。

顔の作りがほっそりしているため、四十五歳という実年齢より若く見える。頭髪は短く、眉は細く、何のために撮られた写真なのかわからないが、ものすごい三白眼でこちらをにらみつけている。蛇のような顔だなと川津は思った。

⑥男（42歳・暴力団員）

「小学生に教えるとしたら、英語なんかより、ケンカのやりかたの方が先だと思いますね。口先でのディベートとかそんなんじゃなく、殴り合い、取っ組み合い、そういう肉体的なケンカです。ここまではやってもいい、これ以上やったら死ぬ、そういうことを授業できちんと教えるんです。もちろん担当教師はケンカの経験者でなければなりませんが」

――あなたは、自分自身に選ばれる価値があると思いますか?

「なぜそんなことを聞くんです。あんたが私を選ぶわけですか?」

――いや、必ずしも私が選ぶわけじゃありません。

「まあ、いくらケンカが得意でも、それで紫綬褒章に選ばれるわけじゃありませんわな。あんた、ケンカしたことあります?」

4　24時

「中平先生」川津はビラを手に持ったまま、相手に頭を下げた。「一年の時、サブゼミを取らせていただいた川津です。覚えていますか？」

「ああ、川津康輔君か」中平はすぐに思い出したらしく、うなずいた。「いま四年だろ。もうどこかの内定もらったかい？」

「これは、もう締め切りなんですか？」川津は中平の質問にはわざと答えず、貼り紙を差し上げながらたずねた。

「希望者が予想外に多かったんでね。かなりしぼることになりそうだ。君、申し込みたいの？」

「ええ。四時間で一万円って、本当ですか？」

「本当だよ」中平は笑顔を見せながら、川津が持っている紙を指さしてみせた。

「作文を書いて、そこにある番号に、明日中にファックスしてくれ」

課題文：あなたが地球最後の日に思い浮かべるであろうこと、またはその心象風景を、できるだけ具体的に、八百字程度で書きなさい。

講師までがこんなことを聞くのか！　自宅のアパートで机にむかった川津は、まだ一字も書かれていないレポート用紙を前に、げんなりしていた。

小学校のときから作文は苦手なのだ。その苦手な作文を、この数週間、就職のために書き続けてきたのだ。四苦八苦したあげく一、二週間後に受け取るのは不合格通知ばかりだ。ああ、いやだいやだ。いっそ、何もかもぶちこわすことができたらどんなにいいだろう。

あなたはいつも、カッとなっては失敗する子でした。いまもその癖がなおっていないのではと心配しています。

まじめに就活をしていれば、きっと会社もそれなりの返事をくれるはずです。神様は見ていてくださるんですから。あなたは人の上に立つ人です。お母さんにはわかります。

母親からの手紙を、川津はくしゃくしゃに丸めて放り捨てた。

会社がそれなりの返事を出すことはあるだろう。ただしそれは自分にではない。神は見ているだろう。ただし自分ではない誰かを。

このバイトに申し込んだところで、どうせ不採用だろう。希望者が多いと中平先生は言ってたし。四時間で一万円のバイトだ。誰だってやりたいに決まってる。競争率は数十倍にのぼることだろう。自分なんか到底選ばれるとは思えない。そもそも、こんな変なお題では課題文を書く気さえ起こらない。

書く気にならないといえば、卒論もそうだ。

担当の教授はそう厳しいタイプではないので、何でもいいから百五十枚にまとめて出しさえすればいいのだが、その気さえ起きない。

これは川津にかぎったことではなく、この時期には自力で卒論を書くことのできない学生が大量に発生する。〈24時〉はこういう者たちのためにある。

数ある論文オークションサイトの中で最もユーザー数の多いのが〈24時〉だ。落札時刻が午前零時に固定されているため、こう呼ばれている。ここでは、あらゆる題材のための論文素材がオークションに出されており、誰でもそれを落札することができる。頭のいい学生は素材を売って稼ぎ、そうでない学生は、なけなしの金をはたいて素材を買う。こういうところにも格差が存在するわけだ。

あれのときに何を思い浮かべるかなんて、縁起でもないこと聞きやがって。川津はレポート用紙をくしゃくしゃにして屑籠に捨て、畳に寝転がった。

地下鉄早稲田駅に近い木造モルタルアパート二階の、六畳一間だ。家賃は二万三千円で水道とトイレは共同、風呂は夏目坂をあがったところにある銭湯を利用する。いつものように、階下に住む大家の怒鳴る声が、床を通して聞こえてくる。もう夜の十時を過ぎているというのに。

〝人間の運命なんてものは、生まれたときから全部決まってるんだよ。おまえみたいなクソ女と一緒になって、こんなクソ人生を送ることになるって、最初から全部書いてあったんだ。カミサマのカミにな！〟

木目の浮いた天井を見上げながら夫婦ゲンカの声を聞いていると、将来に対する不安がそくそくとこみあげてきた。自分がかわいそうでたまらなくなり、同時にすべての他人が憎くてたまらなくなった。

くそっ、みんな死ねばいい！

⑦女（20歳・学生）
キルト――端切れをつぎあわせて作る刺繡のこと。刺繡の絵柄の中に何らかのテーマがこめられることが多く、そのテーマが明瞭に読み取れるものほど、よいキルトとされる。

「いま編んでいるキルトのテーマは「つぐない」です」

――どんな罪に対する『つぐない』ですか？

「それはキルトに全部こめられています」

――あなたは、自分自身に選ばれる価値があると思いますか？

「生き残るために選ばれる価値ですか？　ありません。私なんかいいですから、ほかの人を選んでください」


逃れようのない現実として、就職はほぼ絶望的だ。来年の三月までは学生の身分でいられるが、そのあとはどうするのか。いやそれ以前に、来年の今頃、自分は生きているのだろうか？

あれが起きたとしたら、おそらく自分は死ぬだろう。そのとき何を思い浮かべるのか。普通だったら、家族の顔とか恋人の顔とか、「いいこと」を思い浮かべるのだろうが、自分には、そんなことは何もない。いやな思い出ばかりで——。身を起こすと、シャープペンを手にとり、川津の頭の中に、小さな火がぽつりとともった。身を起こすと、シャープペンを手にとり、ぽつぽつとレポート用紙に書きはじめた。

死そのものは怖くない。怖いのは苦痛だ。今の自分にとっていちばんの望みは、死を苦痛と感じることのない自分になること、そういう人格を獲得することだ。

それさえできたなら、自分は何も思い浮かべず、何も考えず、ただ、目の前に迫る死を見つめながら、自分という存在が無に帰していくのを、時間の許す限り自覚し続けるだろう。大体こういった意味のことを、川津は、書いては消し、書いては消ししながら書いた。

書き上げたときは十二時を回っていた。マニュアルを引き引き書いた会社宛ての作文とは違って、思ったままのことを書いたので、少し気分がよかった。

作文の終わりに自分の氏名と住所、携帯の電話番号を書いた。サンダルをつっかけ、歩いて五分のところにあるコンビニまで行き、中平あてにファックスした。

家まで帰りながら、ふと思った。実験って、どういう実験なのだろう？

⑧女（29歳・主婦）

「こわくてこわくてたまりません。東京から逃げ出したくてたまらないのですが、あれがこわいから長期休暇をくれと会社に頼んだところで『いっそ永久に休むか？』と言われるに決まってますし、逃げたとしても、いつまで逃げていればいいのかわからないし、そもそも東京以外ならば安全だという保証なんてどこにもないわけで、何をどうすればいいのかわかりません。何かわかっている人って、いるんでしょうか？」

――あなたは、自分自身に選ばれる価値があると思いますか？

「生きたいです。死ぬのはいやです！」

――ですから、その価値があるのかとお聞きしてるんです。

「価値がなければ、生きてはいけないんですか。価値ってどこに行けばもらえるんですか？」

翌日、学食で昼食をとっていると、携帯が鳴った。中平からだった。

〝君の作文、おもしろかったよ。夕方にガイダンスをするから、１０９号教室まで来てください〟

川津の心が、ぽっとあたたかくなった。それが、選ばれたことからくる嬉しさだとわかるのに、少し時間がかかった。ずいぶん長く選ばれたことがなかったので、この感覚を忘れていたのだ。

そうとも、自分のような人間だって、まだ選ばれることはありえるのだ。川津は胸をはりたい気持ちだった。

しかしその日の夕方、１０９号教室に足を踏み入れた川津はすぐに思った。しまった、来るんじゃなかった。

5　中平理枝

「しまった、来るんじゃなかった──。そう思ったのはなぜです？」伊南村がたずねた。

「ほとんどが顔見知りで、しかもいちばん顔をあわせたくない連中だったからです」

川津は顔をしかめながら言った。

「みんな僕と同学年でした。そのうち一人をのぞいて、みんなすでに内定を獲得ずみでした。その一人というのも、就職にあぶれたんじゃなく、もともと就活をしてなかったんです。する必要がなかったんです。家が金持ちでしたからね」

ノックの音がした。伊南村は、ちょっと失礼、と言って立っていったが、すぐに戻ってきて言った。

「中平理枝さんがあなたと話したいと言っています。中に入れてもいいですね？」

「先生の奥さんが？」川津はすこし腰を浮かせた。こんな形で中平の妻と初対面とは。

「すみません。すみません」女性警官につきそわれて入ってきた中平理枝は、挨拶も何もなく、川津の前に這(は)いつくばらんばかりになって、ぺこぺこ頭をさげた。

外出用らしい明るい色のワンピースを着ている。買い物から帰って中平の惨死体を発見し、あわてふためいて通報し、そのまま着替えをしていないのだろう。服には中平のものらしい血のしみが何カ所かついていた。

「夫があんなことになったために、あなたにまでご迷惑をかけることになってしまって。本当に、何とおわびしたらいいのか」

「いえ、それは」川津もつられるように頭を下げながら言った。「息子さんのためですから、僕もできるだけのことは」

「わたし、どうしたらいいのか」理枝の顔は蒼白だった。すらりとした細身の体型で、長い髪をうしろでまとめている。普段なら実年齢の四十一歳よりかなり若く見えるだろうが、今は心労のため、まるで老婆のように見えた。乱れた前髪がすだれのように顔の前にたれさがっている。

「子供が無事に戻ってくれさえすれば、ほかに何もいりません」

「犯人の要求にこたえるため、いま川津さんに、当時のことを思い出してもらっているところです」横から伊南村が言った。「郁雄君を助けるために、われわれも全力をつくします」

「本当に本当にお願いします。でも間に合うんですか?」理枝はすがりつくような目で言った。「時間があまりありませんけど」

「大丈夫です。きっと間に合わせます。犯人の目的はこの実験なんですから、記事を読むまでは郁雄君に危害は加えないはずです。おそらく犯人は――」

「犯人犯人って――犯人は石井ですよ」理枝は伊南村をにらむようにして言った。

「あいつに決まってるじゃないですか」

「その可能性は高いと思いますが、まだ断定は――」

「あいつだと言ったらあいつなんだよ！」突然理枝の口調が変わった。目付きが鋭くなり、別人のような形相になった。

「石井の顔写真を出して指名手配しなさいよ。どうしてしないの。警察には、本気であの子を助ける気があるの！」

「もちろんです。現にこうして川津さんにも来ていただいて」

「あんた！」理枝はぐいっと川津の方を向いた。その目のものすごさに川津は思わず身を引きかけた。白目の部分がすべて真っ赤になり、瞳は黒ではなく、緑に近い色になっている。

「さっさと思い出せよ。昔のことだからよく覚えてないなんて言ったら殺すよ！」

「はい」川津はひとたまりもなく頭を下げた。「一生懸命やります」

「大体あんたたちは——やめて！」理枝はうめき声をあげ、両手で頭をかかえた。やめてというのは、川津や伊南村にむかって言ったものではないらしい。次の瞬間、理枝が両手で自分の頭を激しくたたき始めたため、伊南村と付き添いの女性警官は、あわてて理枝を両側からおさえ、そのまま廊下に連れ出した。理枝の泣きわめく声が廊下を遠ざかっていった。

「ショックのあまり、興奮状態になったんでしょう」戻ってきた伊南村は、まだ驚きの表情が残っている川津にうなずきかけた。

「わかります。僕にも十歳の娘がいますから」ようやく平常心に戻った川津は、ため息をついた。

6 参加者

川津康輔（経四）内定なし
小柱恵（こばしらめぐみ）（法四）××テレビ報道部に内定
佐野昇一郎（さのしょういちろう）（文四）内定なし
田代譲（たしろゆずる）（工四）××商事に内定・来月官庁訪問予定
松島愛子（まつしまあいこ）（法四）××新聞社に内定

「お互いタメ口で話せるように、同学年で統一したんだ」中平は五人を前に言った。

「当日は、大いに討論してもらうことになるからね」

それが困るんだよ、と川津は口の中でぼやいた。ほとんどみんな内定をもらってるのに、おれだけがプータローだ。見劣りがする。一緒の部屋にいるだけでもつらい。こんなバイトやめちまおうか。でも一万円は欲しいし――。

「討論って、何についてですか？」小柱恵が手をあげて質問した。体型がよく出る、白のブラウスと黒のスカート姿だ。

川津はそれまで小柱と話をしたことはなかったが、顔は知っていた。三年前の入学式のとき、新入生総代で答辞を読みあげた女子学生が彼女だったのだ。その文句を川津は今でも覚えている。

「私は淘汰という言葉が好きです。私たちがいまここにいられるのは、入学試験で淘汰された人たちの犠牲の上に立ってのことです。しかし、いまここにいる新入生にしても、二十年後に名を成しているのは五十人に一人でしょう。才能のない者、努力のたりない者、運のない者はすべて淘汰されるのです。自然の摂理としてそうなるのです」

現在は弁論部の部長。黙っているだけで人を威圧するすべを心得ている顔だ。ニュースキャスターにでもなったら、たちまち有名になるだろう。

「それは当日説明する」中平は小柱に言った。

「この段階になっても、実験の具体的な内容について教えてもらえないんですか？」

小柱は不服そうだった。

「こちらで何か準備しておく必要はありますか？」田代譲が言った。元テニス部で、ひきしまった体型をしている。

一流商社の内定をもらった上に国家公務員試験にまで合格しており、官庁と商社の両天秤(りょうてんびん)というけっこうなご身分だ。天はなぜ、与える者には二つも三つも与えて、与えない者には何も与えないのだろう。川津は腹の中でぼやいた。

「何も用意する必要はない。ただ、昼食はすませておいてくれ」中平は言った。「実験は今度の日曜の午後一時から、この教室でおこなう。夕方までには終わる。ほかに質問のある人は?」

中平と目があった松島愛子は、無言で首を振った。口数の少ない女子学生で、コアラを思わせる小太りの体型をしている。川津はサブゼミのときに一緒だったが、彼女の声を聞いた記憶がない。しかし超難関の新聞社に通ったのだから頭は抜群にいいのだろう。彼女もまた、川津とはかけ離れた資質の持ち主なのだ。

ではこれで、と中平が言おうとしたとき、佐野昇一郎が言った。「いまこの実験の参加を拒否したら、一万円はもらえないんですか?」

川津は思わず横を向き、佐野に注目した。

ちょっと日本人離れした、頬骨の突き出た顔立ちで、髪を肩までのばし、口ひげまで生やしている。

この佐野は川津と同じく、どこの内定も得ていない。ただ川津と違うのは、それは選考ではねられたからではなく、就活そのものを最初からしていないからだ。実家が金持ちだからそれでいいのだ。生まれながらに恵まれているのだ。

「そりゃ、そういうことになるが」中平はすこし困ったような表情で言った。「参加したくないのかね？」

「どの段階で実験から離脱したらギャラが発生しなくなるか、その境界を知りたいんです」佐野は、それが人にものを言うときのくせなのか、口元の左端だけをつりあげながら言った。自分以外の他人すべてを冷笑しているようにも見える。

「途中で実験から離脱したら、ギャラはなしですか？」

「途中離脱の場合でも、ギャラは出す」中平は言った。「ただその場合、部屋からは出ず、実験が終わるまでこの場にいてもらう。それが条件だ。それと、離脱するのは自由だが、一度離脱した者は、二度と復帰することはできないから、そのつもりで」

⑨男（23歳・会社員）
半年前、JR埼京線車両内で痴漢をした容疑で逮捕。一審は執行猶予つきの有罪判決。即日控訴。現在、二審の判決待ち。

「判決は八月です。それまで地球最後の日が来ないことを願うばかりです。罪人扱いのままじゃ、死んでも死にきれませんからね。ええ、私は絶対にやってません。無罪です」
――あなたは、自分自身に選ばれる価値があると思いますか？
「選ばれるって、勝利者の一人として選ばれるということですか？」
――それがあなたにとって最大の関心事であるなら、それでかまいません。
「もちろんです。選ばれる価値があるというより、選ばれなきゃなりません。そうでなきゃ、神はこの世にいないことになります」

ガイダンス終了後、小柱恵がみんなを誘った。「あたしたちだけで、事前に話し合っておかない？」

用事があるという田代、松島を除き、川津、佐野の二人がそれに応じた。内定なしの二人か、という目で小柱が自分たちを見たのを川津は感じ取った。

三人は学食に併設されているカフェテリアで話しあった。といっても、小柱が一人でまくしたてるのを、他の二人はただ聞いているだけだったのだが。

「あなたたち知ってる？　あの中平先生、大学時代に逮捕されたことがあるのよ」小柱は川津と佐野の顔を交互に見ながら言った。

「逮捕？　何をやったの？」川津はたずねた。

「学生を集めて実験をやったんですって。あの頃から実験好きだったみたいね」

「どんな実験をしたの？」

「起訴までは行かなかったようだし、くわしいことは公表されてないからわからないけど、一緒に逮捕された学生の中には、宗教関係の学生たちがいたという噂よ。それから十年がたってるわけだけど、あたしは、あの人の本質は変わってないんじゃないかと思うわ」小柱は言った。

「本質？」川津は聞き返した。

「中平先生はね、実験という名目で、あたしたちを洗脳しようとしてるのよ」

⑩女（43歳・中学教師）
「私が教師になって五年ほどたったとき、校内に刃物をもった暴漢が侵入しました。私は生徒たちをかばって暴漢の前に立ち、刃物を捨てるよう説得しました。私の言葉の一言一言が相手の胸にしみいっていくのが、見ていてわかりました。犯人は泣きながら膝をつき、あなたのような先生に教わっていたら、こんなことはしなかったのにと言いました」

――それは本当のことですか？

「どういう意味です？」

――あなたが暴漢に説教をしたのは、暴漢が警官隊によって取り押さえられたあとのことで、それまでのあなたは生徒たちの陰にかくれてガタガタ震えていたという話もあるのですが。

「私、帰らせてもらいます」

――その前に答えてください。あなたは、自分自身に選ばれる価値があると思いますか？

「神様に選ばれるかどうかということですか？」

――そういうことでけっこうです。

「ええ、もちろんありますとも。私にも、私の娘にも」

「中平先生は何のために僕たちを洗脳しようとするんだ？」川津はたずねた。

「そんなこと知らないわ。ただ言えるのは、洗脳されたという自覚を相手に持たせないまま洗脳してしまうのが、理想的な洗脳だということよ」

「おれたちみんな、あの先生に洗脳されるのか？」川津は冗談なんだろ、というニュアンスをこめて言った。「困るなあ」

「君はむしろ、洗脳されることを望んでいるんじゃないのか？」佐野が笑って言った。

「死をおそれずにすむ人格に改造してほしいと、作文に書いたそうじゃないか。中平先生から聞いたぞ。まあ君なら、洗脳されるのに五分とかからんだろうな。今の小柱の話を簡単に真に受けるくらいだから」

「あたしの言ってることがでたらめだと言うの？」小柱は佐野をにらみつけた。

「君は、自分の手がみすかされていることをわかっていないということだ」佐野は小柱をやんわりと受け流すように、薄笑いをうかべながら言った。「事実か否かには関係なく、まず突拍子もないことを言って、相手を自分のペースにひきずりこもうとするのは、ディベート慣れしている――と自分では思っている――者のよく使う手だ」

「何事も皮肉まじりにしか言わないのは、お金持ちのお坊ちゃまのよく使う手よね」

小柱は佐野にむかって口元だけで笑いかけた。この二人は、あまり仲がよくないらしい。

⑪　女（19歳・無職）
「あの男は、杖をついているおばあさんをおしのけて信号を渡ろうとしたんです。

おばあさんは倒れてケガをしました。そいつを追いかけてつかまえて、あやまれと言ったら、逆ギレされました。だから殴ったんです」

――あなたが正義感の強い人だということはわかるけど、ちょっとやりすぎじゃないのかな。あなたは凶器を使用し、その結果相手は大ケガをしたわけで。

「相手は男で、あたしは女です。弱い者が強い者に対抗するとき武器を使うのは当然です」

――あなたは、自分自身に選ばれる価値があると思いますか？

「思います。あたしが選ばれなくて、誰が選ばれるんですか？」


「あなた、職につかないつもりなの。卒業してからどうしようっていうのよ？」小柱は佐野にたずねた。

「説明しても無駄だろう。会社や官庁に雇われることが、卒業後のただひとつの進路だと信じている者には」佐野は平然と答えた。

「この人はね、変人なのよ」小柱は川津の方をむいて言った。

「これから先、あなたに変なことを言ってくるでしょうけど、相手にしないで。あまりうるさく言われるようだったら、あたしに言ってちょうだい」

「はあ」川津は無難に頭をさげた。「なにぶんよろしく」

「あたしは、中平先生の正体をあばいてみせるつもりよ」小柱は胸を張るようにして言った。「当日変な動きをしたら、即座に実験を中止させるわ」

「でも、そんなことをしたら、バイト代が――」川津が、自分でもなさけないと思うような弱々しい口調で言うと、

「いいからあたしにまかせておきなさい！　じゃ、次の日曜に」

言うだけのことを言って去っていく小柱の背中を見送りながら、川津はつぶやいた。

「仕切るタイプだなあ」

「本人はあれで気持ちいいんだから、好きにさせておけばいいのさ」佐野は笑って言った。「いずれ、てひどい挫折に見舞われることは目に見えている。その時が早ければ早いほどいいと、おれは彼女のために思っているんだがね」

⑫男（25歳・学生）
「映画を撮るのが夢です。全盲の僕がどうやって、なんてよく聞かれますけど、全然大丈夫です。信頼できる仲間に自分のイメージをしっかり伝えた上で、撮り終えた画面は、その仲間に見てもらうんです。健常者の監督の中にだって、年を

とって目が不自由になってから、そうやって映画を撮りつづけた人は大勢いるでしょ？」

——あなたは、自分自身に選ばれる価値があると思いますか？

「僕がというより、いずれ僕の撮る映画を、評価してほしいと思いますね」

それから日曜までの数日は、ひどいものだった。会社からの合否通知が、まるで申し合わせたように一度に届き、郵便受けに入りきれないほどになったのだ。

この頃には川津はもう、それらを開封することさえしなくなっていた。どうせ中身は不合格通知に決まっているからだ。自分は「選ばれない素質」の持ち主なのだ。この素質からは死ぬまで逃れられないのだ。それだけのことだ。

どうでもいいという気持ちになり、もう学校に足を向けることさえせず、昼間からアパートでごろごろしていた。脱落者そのものだなと、頭の隅で思った。

ごろごろしているうちに、土曜の夜になった。布団にもぐりこみながら川津は思った。

とりあえず明日の実験には参加する。実験だか洗脳だか知らないが、どうでもいい。いざとなったら、仕切りたがりの小柱恵がなんとかしてくれるだろう。それがすんだら、どこか旅行にでも出よう。

⑬女（20歳・無職）
「人の運命は、もってうまれた素質で決まります。科学者になる素質、音楽家になる素質、野球選手になる素質、あたしの場合は、男を泣かせる素質といったらいいんでしょうか。ええ、いろんな男とつきあってきました。あたしのことをいろいろ言う人もいますけど、だまされる男の方にだって素質があるんですよ」

――あなたは、自分自身に選ばれる価値があると思いますか？

「ええあります。あたしが選ばれなくて誰が選ばれるのかって思いますよ」

――自分が選ばれるために他人を蹴落とす必要があるときは、そうしますか？

「もちろん。誰でもそうするんじゃないですか？」


実験当日。日曜の大学構内は閑散としていた。校舎の外にも中にも、ほとんど人影がない。午後一時より少し前、川津が１０９号教室へ入ったとき、ほかの四人はもうそこにいた。

楕円形の会議用テーブルのまわりに五つの椅子が置かれ、それぞれの前にＡ４判の封筒とＰＣが置かれている。すでに川津以外の四人が着席している。川津は、一人分だけあいている席にすわった。右隣が小柱、左隣が佐野、向かい側が松島と田代だった。

封筒に手をのばすと、「まだ開けないでくれ」と、すこし離れたところに立っている中平が言った。

中平は初めて、これからおこなう実験の内容を明かした。

「封筒の中に十六の素材が入っている。そのうち一番いいものを、君たちの合議で選んでほしい。制限時間は四時間。それから、実験終了まで君たちの携帯は私が預からせてもらう。これが今回の実験だ」

⑭男（62歳・無職）

「シェルターのコンクリートの厚さは最大で三十センチあります。食料、水、自家発電のための燃料は三年分備蓄してあります。一人用です。中に入るのは私だけです。妻とは死に別れ、子供たちはみんな独立していますからね。もし入れてくれと言ってきても、入れてやるつもりはありません。一人が二人になれば食料の減るスピードは二倍、三人になれば三倍になるわけですから」

――あなたは、自分自身に選ばれる価値があると思いますか？

「選んでもらう必要はありません。私は自分で自分を選んだんですから。地球最後の日に生き残る者の一人として」

7　十六人

「中平さんは、何のためにそういう実験をしたんでしょう」伊南村は首をかしげた。

「先生に言わせると、こういうことだそうです」川津は、思い出し思い出しという表情で言った。「いつの時代にも、どんな所ででも、多くの者の中から一人を選び出さなければならないという事態は起こりうる。限られた時間の中で、限られた情報だけを頼りに。それに備えるためのシミュレーションなのだと」

「あなたは当時、その説明に納得しましたか？」

「なんだか異常だなとは思いましたが、でもシミュレーションという話だったし、一万円になるなら――と」川津は頭をかいた。

「あなたは、封筒をあけて、中を見たんですね」

「ええ。僕だけじゃなく、五人全員がです」

「中には何が入っていました？」

「紙が一枚。十六人の名前が書かれていました。名前といっても番号だけですが」

⑮女（50歳・無職）

実家は資産家だったが、両親が死去したあと、実家に一人で暮らし続けている。中庭に大量にたまったゴミが不衛生だとして、区役所から再三注意を受けるが、本人が片付けようとしないため、役所が強制的にゴミを撤去した。しかしすぐまたゴミを溜め始め、役所が強制撤去する。この十年間、これが繰り返されている。

——あなたは、自分自身に選ばれる価値があると思いますか？

「わたしは子供の時から、特別な星の下に生まれたと言われて育ちました。この歳になって、つくづくそれが本当だとわかります」


「その十六人の中から一人を、最終的にあなたがたは選んだわけですね」

「だと思います」

「うまく説明できなくて、とは？」

「最後の一人の名前を、先に教えてもらうことはできませんか」

「あっ、それはできません」川津はあわてて言った。「さっきも言いましたが、あの時のことを思い出すのは階段を一段一段のぼるみたいなもので、いきなりてっぺんにまで飛び移ることはできません。正確を期すためにも、順番に一つずつ思い出すしか——」

「いいでしょう。まだ時間はありますから」

8　トリアージ

「封筒の中に十六の素材が入っている」中平は言った。「そのうち一番いいものを、君たちの合議で選んでほしい。制限時間は四時間。これが今回の実験だ」

みんなが口々にたずねた。「どういうことですか？」

佐野一人だけが笑っていた。「この十六人の中から一人の命だけを助けろ、あとは死んでもかまわない、そういうことですか？」

「言い方は悪いが、まあそうだ」中平はうなずいた。

「しかし選べと言っても、何を手掛かりに？」川津は言った。「十六人全員、性別と年齢がわかるだけで、名前も、くわしい素性も何もわからないじゃないですか」

「くわしいことが知りたければ、全員のデータが、各自のPCの中に入っている」中平が言った。「ただし、あまり念入りにしすぎると時間がたりなくなるぞ。時間がきたら、選定途中であっても、実験はそこで打ち切るからね」

「よくわかりませんね」川津は首をかしげた。

「選べといっておきながら、そのための十分な時間を与えないというのは」

「もちろん、意図的なものだ」中平は言った。「優先順位をつけるには、むしろ時間が少ない方がいい。即断即決だ」

「順位ですって?」田代譲があきれかえったという顔で言った。

「人間の生きる価値に順位をつけろというんですか? そんなこと、人道的に許されるはずがありません!」

「そんなことはない。人間に順位をつけるのは、ごく普通におこなわれてることだ」

佐野が言った。

「トリアージってあるだろ。大きな事故で、病院が対応しきれないほど大量の重軽傷者が出た場合は、専門家である医者が怪我の程度によって治療の優先順位を決めるんだ」

「あれは、専門家である医者がやることであって——!」

「普通の人間が、同じ人間に順位をつける場合だって、たくさんある。入試もそうだし、就職活動だってそうだ。大学は受験生に順位をつけ、会社は学生に順位をつける。その大学や会社だって、社会の中ではランク分けされてるわけで、人がこの世の中で生きてる限り、順位をつけられること、選別にかけられることから逃れることはできない。好むと好まざるとにかかわらずだ。この実験は、そういう現実を反映したものにすぎないんだ。そうですよね先生？」

「そういうことだ」中平はうなずいた。「これは実験であり、シミュレーションにすぎない。深刻に考えず、気軽にやってくれればいい」

「僕は納得できません」田代は頑固な顔つきになり、唇を噛んだ。

「変だなあ。君がそんなことを言うとは」佐野は、田代の顔をのぞきこむようにしながら言った。「君は何のために就活をやった。何のために国家試験をめざした？『選ばれる』ためだろ。選ばれる少数になって、選ばれなかった大多数の上に君臨するためだろ？　選ばれることは、常に君の人生の目標のはずだ。その君がなぜ、人を蹴落とすことを否定するんだ？」

「僕は人を蹴落としたいなんて思ってない！」田代は憤然と言った。

「不幸な人々、恵まれない人々のために尽くしたいと思っているんだ」

「その理想が、いつまで続くかな？」

「なにっ？」

「二十年先の君の姿が見えるよ」佐野は皮肉な笑みをうかべた。「君は筋金入りの官僚になっている。官庁の利得以外何も考えることのない、官庁マシーンの一員に」

「そんなことはない。僕は絶対にそんな風にはならない！」

「ケンカしてる場合じゃないでしょ」小柱が顔をしかめて言った。「先生の言った通り、時間は限られてるんだから」

「この十六人ですが」川津は中平にたずねた。「現実に存在する人たちなんですか。こうして実験材料にするにあたり、本人たちの同意は得たんですか？」

中平は笑っただけで、何も言わなかった。

「なるほど」佐野がうなずいた。「この十六人は、いまこの瞬間、いつもの生活を送っているわけだ。おれたちの手で選別されようとしているとは、夢にも思わないまま。これはおもしろい」

田代譲が憤然と立ちあがった。「こんな非人道的な実験には協力できません。帰らせてもらいます！」

⑯男（36歳・団体職員）

「地球最後の日に何をするか、ですか？　なんだかんだ言って、いつものようにトレーニングしてるだけじゃないですかねえ。逃げるったって、どこへ逃げたらいいかわからないわけだし。ええ、学生時代は陸上部で、いまも勤めのかたわら、市民ランナーとして大会に出続けています。招待選手になったりならなかったりですが」

——あなたは、自分自身に選ばれる価値があると思いますか？

「オリンピックの強化選手に選ばれるチャンスがあったんです、学生のときに。でもケガでだめになって。今でもくやしいですね。これから先、何に選ばれても、嬉しいとは思わないでしょう」


「何をむきになってるんだ」佐野が言った。「ただのシミュレーションじゃないか」

「シミュレーションでも、やっていいことと悪いことがある。僕にはできない」

「実験から離脱するのは自由だが、帰宅は駄目だ」中平が言った。「実験が終わるまでこの場にいてもらう」

非人道的かもしれないが、しかしおもしろいなと川津は思っていた。

今までの自分は選ばれる（そして落とされる）だけの側で、自分が選ぶ側になるとは思ってもみなかった。このシミュレーションでは選ぶ側になれる。四時間だけ神になれるわけだ。やってみてもいいだろう。四時間で一万円なのだから。

「純粋なシミュレーションなんですね」小柱が中平にたずねた。中平がうなずくのを見てから、彼女はみんなの顔を見回して言った。

「あたしはやるわ。こういう経験は、実社会でもきっと役に立つと思います。人生は、選ぶか選ばれるかの連続なわけだし」

おいおい、君は中平先生の正体をあばくはずじゃなかったのか、川津はそう思いながら小柱の顔を見た。

きのうの小柱は、明らかに中平に反発していた。それが今は、すすんで中平の用意した土俵に上がろうとしている。

川津と目があった小柱は、いいからまかせておいて、という目で川津にうなずきかけてきた。

「ほかの人たちはどうかな」中平がたずねた。

「やります」川津は言った。

「まあ、一万円だし」佐野も言った。

それまで一言も発言しなかった松島愛子は、小声でやります、と言った。

川津、小柱、佐野、松島の四人が参加を表明し、実験が開始された。

田代はみんなのテーブルから離れた場所に立ち、腕組みをして見ている。

「では封筒を開いて」中平が言った。みんなは封筒を開いた。

①男（23・ひきこもり）
②女（27・後悔）
③男（42・友達の友達）
④男（65・新聞配達）
⑤女（16・超能力者？）
⑥男（42・暴力団員）
⑦女（20・キルト）
⑧女（29・こわがり）
⑨男（23・痴漢？）
⑩女（43・中学教師）
⑪女（19・過剰な道徳心
⑫男（25・視覚障害）
⑬女（20・男遍歴）
⑭男（62・シェルター）
⑮女（50・ゴミ屋敷）
⑯男（23・アスリート）

「年齢のあとにつけたのは、とりあえずの呼び名だ」中平が言った。

9　石井秋夫

「当時確かにこの通りだったのですか?」川津の記憶にもとづいて書かれた十六人のリストを見ながら、伊南村は言った。「年齢とかも?」

「確かです。僕は英単語も化学式も覚えられなかったくせに、こういうことはよく覚えているんです。特に数字は」川津は答えた。「今でも、小学校、中学校のクラスメート全員の名前を、出席番号こみで覚えています」

「それは大したものですな」伊南村はつぶやくように言い、言葉を続けた。「ところで、石井秋夫についてですが、中平先生を殺し、郁雄君を誘拐した犯人が、石井秋夫であると断定することは――奥さんには気の毒ですが――まだできません。ただ、その可能性がきわめて高いことは確かです。そこでかりに石井が犯人だとしたら、なぜ石井は、この実験の内容を明かせと要求したんでしょう?

石井は、実験について中平先生から聞き出そうとした。しかしはずみで先生を殺してしまったため、それができなくなった。それでもなお石井は、実験について知りたいと願った。中平先生の息子を誘拐し、人質にとってまで、なぜなんでしょう。この実験の何が、それほどまでに石井をひきつけるんでしょう？

ひとつの仮説を立てれば、石井のこの固執ぶりが説明できます。この十六人のうちのいずれかが、石井だったという仮説です」

①男23（現43・ひきこもり）
②女27（現47・後悔）
③男42（現62・友達の友達）
④男65（現85・新聞配達）
⑤女16（現36・超能力者？）
⑥男42（現62・暴力団員）
⑦女20（現40・キルト）
⑧女29（現49・こわがり）
⑨男23（現43・痴漢？）
⑩女43（現63・中学教師）
⑪女19（現39・過剰な道徳心）
⑫男25（現45・視覚障害）

⑬女20（現40・男遍歴）
⑭男62（現82・シェルター）
⑮女50（現70・ゴミ屋敷）
⑯男23（現43・アスリート）

「石井はいま四十三歳ですが、この十六人の中に、同じ年齢の者が三人います。①、⑨、⑯です」

①男23（現43・ひきこもり）
⑨男23（現43・痴漢？）
⑯男23（現43・アスリート）

「石井は二十年前、本人も知らないまま十六人の一人として選ばれ、選別にかけられた。そのことを最近になって知り、中平を問い詰めた。石井は自分が実験材料にされたことを怒っていた――とすれば、一応筋は通ります。

　しかし石井には①のような、一家心中の過去はありませんし、

⑨のように、痴漢の容疑をかけられた過去もない。
⑯のようなアスリート歴もありません。石井は身長一六五センチ、体重八三キロの肥満体で、運動とは無縁です。
「十六人の中に石井がいたかもしれないという可能性は、あっさり却下ですか」川津は言ったが、伊南村は首を振った。

「石井本人である必要はありません。石井の知り合いが、この十六人の中にいたかもしれないということであれば——」

「知り合いが実験材料にされたことを知り、石井が怒って——ということですか？」

「そうです」伊南村はうなずいた。「その場合は、性別、年齢を問わず、全員があやしいということになりますが……。確かなのは、石井はこの実験の何かが、何らかの理由で気にくわなかったということです。そのために人を殺し、誘拐まで——」

テーブルの電話が鳴った。伊南村は失礼、と言って受話器をとり、そうかありがとう、と言ってすぐ通話を終えた。

「中平先生が学生時代に、宗教関係のグループと組んで実験をしていたのは事実のようです」伊南村は川津にうなずきかけた。「実験そのものの内容は不明ですが、その宗教団体は——現在は解散していますが——こういう教義を掲げていたそうです。世の中には無駄な人間が多すぎる。生きるに値するのは、せいぜい十六人に一人だと」

「十六人に一人……」川津は首をひねった。「偶然の一致でしょうか。それとも中平先生は、学生の時にやった実験を、数年たってからもう一度やったということなんでしょうか。その時には不完全だった実験を、今度は完全に近い形で——」

「わかりません」伊南村は答えた。

「この団体の元信者をいま探させていますが、いま言ったように、すでに解散してしまっているので、簡単に見つかるかどうか。

それと、当時押収した元信者のリストを、いま洗わせています。もしかしたらその中に、関係者の名があるかもしれませんからね」

「今度の事件の関係者ですか、二十年前の実験の関係者ですか?」

「その両方です」伊南村は言った。

「ふしぎですね」川津はつぶやいた。「二十年前の実験の内容が明らかになることで、この事件の解決の手掛かりがつかめるかもしれない。まるで二十年前と現在とが、そのまま——ああそうだ。関係者と聞いて思い出したんですが、二十年前、この十六人の中に、実験参加者の知り合いがいるんじゃないかという話になりまして」

これを聞いた瞬間の伊南村の反応は激烈だった。「どれです。何番ですか!」

「ええと、これです」川津は⑩女（43・中学教師）を指した。

「これは小柱恵の母親なんじゃないかと、松島愛子が言い出しまして」

10　カード

「ええっ？」川津は驚いてリストを見直した。「この⑩女（43・中学教師）が、小柱さんのお母さんだって？」

「なぜそう思うんだ？」佐野が松島にたずねた。

「中学のとき聞いたんです。むかしこの学校には小柱さんという英語の先生がいたと。ある事件がきっかけで、別の中学に移ったと。

その事件というのは——学校に刃物をもった暴漢が侵入し、そのとき小柱先生は生徒を守ろうともせず、真っ先に逃げ出してしまったそうなんです。暴漢は男性教師たちの手で取り押さえられたため大事にはいたらなかったんですが、小柱先生が逃げたことは大問題になりました。しかも小柱先生はこのことを生徒や父兄に謝罪するどころか、逆に自分を弁護するための大論陣を張ったそうです。暴漢を説得するための言葉を考えるため、時間が必要だった。説得にかかろうとしたとき、男性教師たちが出てきてしまった——。しかし誰にも聞き入れてもらえなかったためにその中学をやめ、で、移った先の中学では、自分を美化したエピソードを、繰り返し話していたそうです」

「⑩のエピソードと、まるっきり同じじゃないか！」佐野は大喜びの表情で叫んだ。「小柱、これ、本当に君のお母さんなのか。とっくに気づいてたんじゃないのか。なぜ早く教えてくれなかったんだ？」

「………」小柱恵は答えず、松島愛子のほうをにらんでいた。小柱としては、とぼけられるものならとぼけていたかったのだが、たまたま松島が思い出してしまったため、いまいましく思っているのだろう。

「しかし年齢的にも符号するし、まず君の母親と考えて間違いない」佐野は小柱にうなずきかけた。「この娘にしてこの母親ありだな」

「まだそうと決まったわけじゃないでしょ。かりにそうだとしても、それが何だって言うの！」小柱は開き直ったように言った。

「先生、本当なんですか」川津は中平の方をむいてたずねた。「この⑩は、小柱さんの母親なんですか？」

「うん、まあ……」中平も、はっきり答えたくはないらしく、困ったような笑みを浮かべている。

「どうなんです？」

「そうだ」中平はやっとうなずいた。「ただ、この人が今回この十六の中に選ばれたのはまったくの偶然だ。数百の素材の中から、無作為に選んだんだから」

「⑩は、この中からはずすべきじゃないですか」川津が中平にむかって言うと、

「なぜ！」小柱が憤然と川津をにらみつけてきた。

「だってさ」川津はなかば無意識のうちに首をちぢめるようにしながら、小柱に言った。「僕たちは、この十六人の中から一人を選ばなきゃならないんだぜ」

「そんなことわかってるわよ」

「君は、やりにくいと思わないのか。身内が交じっていたんじゃ、冷静に選ぶことなんてできないだろ」

「そんな心配はいらないわ。あたしは客観的に、厳正に選ぶわ！」

「客観的に、厳正に、自分の母親をえこひいきしようというわけか」佐野が笑って言った。

「誰に対しても厳正よ、あたしは！」

「そうかな。自分の母親を厳正に評価し、場合によっては落とすということが、君にできるかな？」

「なぜ、最初から落とすと決めてかかるの！」

「誰を選び、誰を落とすかは、まったく君たちの自由だ」中平が、ヒートアップしよ

うとする小柱を鎮めようとしてか、すこし早口に言った。「ただし、初期母集団としてのこの十六は動かない」

「気にいらないな」離れたところでようすを見ている田代が、聞こえよがしに言った。「こんな風に人間を区分けするなんて。人間はものじゃないんだぞ」

「いや、ものだ」佐野は田代の方を向き、静かに、だがきっぱりと断言した。「ベルトにのって流れてくるリンゴを、きれいなリンゴ、傷のついたリンゴに区分けするのと少しも変わらない。限られた時間で十六人の中から一人を選ぼうとするなら、なんらかの基準をもうけ、それにしたがって区分けしていくしかない。選別とはそういうことなんだ」

「しかし――」

「人を選別するとは手を汚すことだ。君は手を汚すのを嫌って身を引いた傍観者だ。あえて手を汚す作業に取り組もうとしているおれたちについて、あれこれ評価するのは自由だが、どうか妨害だけはしないでくれないか」

田代は唇をかむようにして黙った。佐野は川津たちの顔を見回しながら言った。

「目下の問題は、限られた時間の中でこの十六人の中からどうやって一人を選ぶのか、その具体的な方法だが――。まず四人ずつに分けるのはどうだろう。一人が四人の候補を受け持ち、それを二人にしぼる。これで十六人が八人になる。それから次の段階へ進むんだ」

この方法自体には、誰も異存はなかった。

その四人をどうやって割り振るのかという段になり、佐野は、ちょっと待ってくれと言ってテーブルから離れると、隅へ行って何やら手作業をはじめた。

戻ってきた佐野の手には、1から16までの数字が書かれた十六枚のカードがあった。机に置かれていた紙をハサミで切って作ったものらしい。

佐野はそれをトランプのカードのようにシャッフルすると、番号を下にしてばらばらに並べ、川津たちを呼びよせた。

「四人が四枚のカードを同時に引くんだ」佐野は言った。

あれ、と川津は思った。こんなことをしている佐野を、前にもどこかで見たような気がする。どこでだったろう？

「あの」松島愛子が、隣に立っている小柱の顔をちらっと見て言った。「小柱さんのところに、⑩のカードが渡ったらどうするんです？」

「それは大丈夫だ」佐野は自信たっぷりにうなずいた。

「大丈夫って、何がです？」

「あれあれ、もう十五分も過ぎちまったぞ」佐野は松島の質問には答えず、腕時計を見て大声で言った。「早く始めてしまわないか？」

佐野がカードに手をのばした。他の三人もそれに誘導されたように手をのばした。

小柱が四枚、川津が四枚、松島が四枚を取り、最後に残った四枚を佐野が取った。

川津たちはもとの円卓に戻った。川津はドキドキしながら、自分の四枚を見た。

（川津康輔）

⑧女（29・こわがり）

⑨男（23・痴漢？）

⑪女（19・過剰な道徳心）

⑭男（62・シェルター）

川津はまず何よりも、⑩が来なかったことにほっとした。

自分の四枚を、他の三人に見せた。中平と田代もそばに来て、ようすを見ている。

次に小柱恵がカードを開いた。

（小柱恵）
①男（23・ひきこもり）
⑥男（42・暴力団員）
⑬女（20・男遍歴）
⑯男（23・アスリート）

⑩は来なかった。小柱の顔に複雑な色が浮かぶのを川津は見た。

佐野が笑って言った。「君がこの四人の中からどの二人を選ぶか、今の時点で予想がつくよ」

小柱は佐野をにらみつけたが、何も言わなかった。

次は佐野だ。川津は気が気ではなかった。⑩が佐野に渡ってしまったらどうしよう。

（佐野昇一郎）
②女（27・後悔）
③男（42・友達の友達）
⑤女（16・超能力者？）

⑫男（25・視覚障害）

「来た来た」佐野は嬉しそうに両手をこすりあわせた。「おもしろいのが来たぞ」

川津はほっとしていた。これで⑩は、松島愛子に渡ったことになる。

（松島愛子）

④男（65・新聞配達）

⑦女（20・キルト）

⑩女（43・中学教師）

⑮女（50・ゴミ屋敷）

「持ち時間は――」佐野が腕時計を見ながら言いかけたが、それより早く小柱が言った。「持ち時間は十分とするわ。各人、二人を選んで、十分後に提示して。くれぐれも厳正に。いいわね？」

「オーケー、ボス」佐野は苦笑してうなずいた。

川津は、小柱が松島愛子に強い視線を送るのを見た。視線を受けた松島は、棒でつつかれたように、肩をびくっと震わせた。気の毒にと川津は思った。
これから十分、各自が単独の作業に集中することになる。

11　ただそれだけのこと

「で、最終的に選ばれたのは、この十六人のうちの誰なんです？」伊南村はたずねた。

「さっきも言いましたが、それは、もうすこし話が進んでからにしてください」川津は言った。「選ぶまでのプロセスが、けっこう複雑だったんです。そのことをわかってもらった上でないと、結論だけを先に言っても仕方ないと思います」

「しかし、時間内に誘拐犯にメッセージを出さなければならないことを考えると――」伊南村はすこし焦った表情をうかべた。「あと三時間十五分しかないんですよ。かりに犯人が石井か、それに近い者だとすれば――」

「それなんですが」川津は言った。「僕は、犯人は石井とはまったく無関係の人間かもしれないと思っています」

「ほう」伊南村はじっと川津を見た。「石井でも、その関係者でもない？」

「ええ」

「とすると誰です？」

「この十六人のうちの誰かです。ただしそれは、石井とは関係がない」

「中平先生を殺し、子供をさらったのは、この十六人のうちの誰かであり、それは石井本人でも、石井と関係のある誰かでもない。これがあなたの考えですか？」

「もちろん断定してるわけじゃありません。可能性のひとつとして言ってるだけです。ただ、ここまで思い出しているうちに、気になってきたんです。この十六人の存在感というか、オーラのようなものが。

これはすべて実在の人物です。みんな生きてるんです。選ばれる価値があるかという質問に、ほぼ全員があると答えています。実際にその価値があるかどうかは別問題として――。生きること、選ばれることを望む十六人の中から僕たちは一人を選び、残りの十五人を排除しようとしていたんです。そんな権利なんかないのに！　僕は――」

「待ってください」伊南村は人差し指を上にむけて立てた。「犯人は選ばれなかった十五人のうちの一人、ということですか？」

「そんな気がしてならないんです」川津はうなずいた。「実験材料にされた。しかも落とされた。そのことを最近になって知った。そのために――」

「そのために、中平さんに抗議しに行ったわけですか？」

「そうです」

「選ばれなかったことを恨みに思った。そのために中平さんを殺し、子供をさらったわけですか？」

「そうです」

「犯人は、なぜ自分が選ばれなかったのか、そのわけを知りたい。そのために子供をさらい、実験の内容を公開しろと迫ったわけですか？」

「まあそうです」川津はあいまいにうなずいた。「本当にそうなのかどうか、刑事さんに聞かれているうちに、自信がなくなってきましたが」

「結果を先に言うんじゃなく、プロセスを全部聞いてくれと、あなたが言った意味がわかりましたよ」伊南村はうなずいた。「十六人すべてが、可能性を持った存在である。そのことをわかってもらいたかったわけですね」

「そうです」

「しかし、その一方で」伊南村はテーブル越しに、ぐいっと川津の方に身を乗り出した。

「これは単なるシミュレーションにすぎないわけでしょう？　中平先生はそう最初に宣言したわけだし、あなたがたもそう承知していたはずです。それはまあ、十六人の側からしてみたら、無断で実験台にされ、選別にかけられていたことは腹が立つかもしれませんが、しかし、こんなものに選ばれなかったからといって、また、そのことがあとになってわかったからといって、それがどうだというんです？　誰かが傷つきましたか、損をしましたか？　実験材料にされた。それだけのことじゃないですか」

「それだけのこと――」川津はふとつぶやいた。「みんなそう言うんですよね。なぜそれだけのことで、って」

「どういうことです？」伊南村はたずねた。

「思い出したんです。友人の岡崎が死んだときのことを」川津は下をむいて言った。「彼は、僕と食堂で話してから数日後に、電車にとびこんで自殺したんです」

「自殺――」伊南村は絶句した。「就職できなかったために自殺したんですか？」

「そのくらいのことでなぜ死ななきゃならないのか、とみんな言いました。たしかにその通りなんでしょう。しかし僕には、岡崎の気持ちがよくわかります。就職できない者に生きる資格はないと、世間のみんなから言われてるような気がしてたに違いないんです。就職できない自分は死ぬしかない――。

　岡崎は遺書をのこしていました。人を選ぶやつら、選ばれたからといっていい気になってるやつら、選ばれた者は選ばれなかった者より上だと思ってるやつら、みんな地獄に落ちろと書いてありました。通夜の席で、岡崎の母親は泣きながら、何度も同じことを言っていました」

なぜ世の中にあるんでしょう。人が人を選び、人が人に選ばれるなんてことが！

「つまり」伊南村は軽く咳払いをして言った。

「選ばれないというのは、それほどまでにショックなことだと言いたいわけですか？」

「他人から見ればつまらないことであっても、その当人にとっては重大な意味をもつこともあるんだということです」

「まあ、もちろんわかりますよ。私自身担当した事件の中でも、こんな凶悪な事件の動機が、こんな些細なことだったのかと驚かされたことは何度もありますからね。とすると――」伊南村はリストを見直した。

①男（23・ひきこもり）
②女（27・後悔）
③男（42・友達の友達）
④男（65・新聞配達）

⑤女（16・超能力者？）
⑥男（42・暴力団員）
⑦女（20・キルト）
⑧女（29・こわがり）
⑨男（23・痴漢？）
⑩女（43・中学教師）
⑪女（19・過剰な道徳心）
⑫男（25・視覚障害）
⑬女（20・男遍歴）
⑭男（62・シェルター）
⑮女（50・ゴミ屋敷）
⑯男（23・アスリート）

「この十六人すべてについて、これからどうなるのか、注目しなければならないわけですな。このうち一人が選ばれ、十五人が落とされる。その十五人のうち誰もが、二十年後に罪を犯す可能性を持つことになる……」

「そうです」川津は肩が震えるのを感じた。

「落とされたことによって、その十五人の中に種子がうえつけられたんです。二十年後に殺人を犯すための種子が、本人たちもまったく知らないままに！　こんなことは、中平先生もまったく想定していなかったでしょう。僕たちは、意識しないまま、大変なことに加担してしまったんです。こんなことは二十年後の今日になるまで、思ってもみませんでした」

「しかし当時のあなたがただって、ある程度はわかっていたわけでしょう？　シミュレーションとはいえ、人の未来を左右する重大事だということは」伊南村は川津にうなずきかけた。「あなたも、相当緊張しながら選んでいたんでしょうね」

「それがですね」川津は頭をかいた。「こんなことを言った、その舌の根もかわかないうちに何なんですが、あの時は全然そんなことはなくて、かなりいい加減に、直感で選んでいました」

12　川津康輔

四人の中から二人を選ぶために他の三人がどのような方法をとっているかは、お互いにわからない。川津はいちばん無難な方法――総当たり制をとることにした。二人組を六組作り、おのおのについて優劣をつける。合計点数の高かった上位二人が合格者というわけだ。

1：⑧女（29・こわがり）◯
⑨男（23・痴漢？）
まあ⑧だよなあ。⑨はやってないって言ってるけど、あやしいもんだし。
2：⑧女（29・こわがり）
⑪女（19・過剰な道徳心）◯
何もせず震えてばかりの⑧よりは⑪か。少なくとも何かをしてるわけだし。
3：⑧女（29・こわがり）
⑭男（62・シェルター）◯
⑭は、生き残るための備えをしている。僕だって金があればシェルターを作りたい。

川津は奇妙な興奮をおぼえていた。顔が上気しているのが自分でもわかる。たとえシミュレーションであっても、他人の運命をこの手で左右するというのは、楽しい気分だった。今までずっと左右される立場であっただけに、なおさらだ。

こんなことを楽しんでいいのかと不安になる瞬間もあったが、いやいやかまわんさという気持ちの方が強かった。自分の中に新たな人格が生まれたかのようだった。前半の三組をすませたことで、後半の三組はすみやかに決まった。

4：⑨男（23・痴漢？）
⑪女（19・過剰な道徳心）◯
5：⑨男（23・痴漢？）
⑭男（62・シェルター）◯
6：⑪女（19・過剰な道徳心）
⑭男（62〈シェルター〉◯

得票は、

⑧女（29・こわがり）1点
⑨男（23・痴漢？）0点
⑪女（19・過剰な道徳心）2点

⑭男（62・シェルター）3点
通過者は、
⑪女（19・過剰な道徳心）
⑭男（62・シェルター）
ということになる。川津は時計を見た。制限時間まで三分残っている。思ったよりずっと簡単に決まってしまった。

しかし他の三人のようすを見ると、みなPCを熱心にのぞいているのだ。川津はこまでの間自分がまったくPCを参照しなかったことを思いだし、少し反省した。

今さらながらと思いつつも、川津はPCの画面をひらいた。なかば時間つぶしのつもりだったが、各人の記事を見ているうちに、みるみるひきこまれた。マウスをあわただしく動かし、記事を読んでいるうちに、小柱の声がした。

「時間よ。通過者二人のカードをテーブルに出して。川津君、あなたから」

「うーん」川津は二枚のカードを手にしたままうなった。

「どうしたの？」

「もう五分、いや三分でいいからくれないか」どうせ無駄だろうと思いつつ、川津は小柱に頼んだ。「もう一度検討してみたい」

「駄目よ」小柱は首を振った。「最初に決めたことは守ってもらわなきゃ困るわ。さあ出して」

やっぱり駄目か。川津は放り捨てるように二枚のカードを出した。

⑪女（19・過剰な道徳心）

⑭男（62・シェルター）

「順当な選別じゃないの」小柱は軽くうなずいた。

「いや、ただ」川津は手をあげて言った。「⑨男（23・痴漢？）なんだが、無罪である可能性もある。事件当時の目撃者の証言があるんだ。

⑨は被害者の女性によって駅のホームに引き出されたあと、線路上を走って逃走した。これだけだと、まさに問答無用の痴漢に思える。しかし、被害者女性の行動にも問題があったように思える。

女性は衆人環視の中、⑨を罵倒し、周囲の乗客たちにむかって、こいつは人間のクズだ。ぶちのめせと挑発したんだ。乗客の何人かがこれに呼応する形で実際に⑨を暴行しようとした。悪いことにこの直前には電車内のエアコンが故障し、車内の温度は三八度まで上がっていた。乗客たちには当然ストレスがたまっていたと考えられる。

⑨は恐怖を感じ、やむをえず逃げた――と言ってるんだが」
「だから何？」小柱が、内心のイライラを隠そうともせず、川津をにらみつけた。

「選別をかえたいの？　だったら早くして。あとがつかえてるのよ」

「いや、いい。これでいいよ」川津はおどおどと言った。

そう、どうせシミュレーションなのだ。深く考える必要などない。

13　テロリストとは

川津が選んだ二人を、伊南村はしばらくじっと見ていたが、ちょっと失礼トイレへ、と言って席を立った。

「この部屋からは出ないでください。外に警官が立ちますが、形だけですから」

一人で待つ間、手持ち無沙汰だった。私物はすべて署の係員に預けてあるので、スマホをさわることもできない。トイレにしては長いなと川津は思った。ぶらぶらと窓に近づいた。

二階のこの窓は、大通りの街路樹のてっぺんと同じくらいの高さだ。窓枠に鉄格子ははまっていないが、はめ殺しになっていて開閉することはできない。

五台ほどのパトカーが一列に並んで道路に出ていくのが見えた。回転灯は点灯していない。明日はアメリカ政府の高官が来日する日だったことを川津は思い出した。警戒のための非常出勤なのかもしれない。

高官が急遽来日を決めたのは、最近日本の外務省からの特定秘密情報の流出があいついでおり、それに釘を刺すためだということに表向きではなっている。

しかし実のところは、国際テロリストへの対策強化をすすめているアメリカが、日本にも足並みをそろえるよう迫るためだというのが、衆目の一致するところだった。日本政府は強要されるまでもなく、もうずっと前から、アメリカ政府に追随する形で、「テロリストとは交渉せず」と宣言している。つまりテロリストが人質をとった場合、その人質は見捨てられるということだ。日本国民であっても、人質になった瞬間から、生きる価値がなくなるのだ。

ここで川津は思い出した。休憩時間中に中平が、そうそう、うっかり聞くのを忘れていたと前置きして、こう言ったのだ。

「君たちは、自分自身に選ばれる価値があると思うかい？」

小柱恵は答えた。「あたしは、そんなこと考えたこともありません。どんな場合でも、選ばれるのが当然だと思って生きてきましたから」

「うぬぼれも、ここまで来れば立派なものだな」佐野が笑って言った。

「うぬぼれじゃないわ、これは自信よ」小柱は佐野をにらみつけた。「そのための努力を重ねてきたんだもの。何の努力もせずにダラダラ生きてるようなやつに、ああだこうだと言われたくないわ」

「君は戦場キャスターになるといい」佐野はすまして切り返した。「自分には弾が当たらないと信じることができるんだから」

「そういうあなたはどうなの、佐野君。あなたには、選ばれる資格があるわけ?」

「資格じゃない、価値だ」佐野は答えた。

「どっちでも同じじゃないの!」

「いや、違う。資格とはせまい意味での言葉だ。道端の小石には何の資格もない。だが価値ならあるかもしれない」

「ああそう。じゃ価値でいいわよ」小柱は、今にも爆発しそうな真っ赤な顔で言った。

「あなたには選ばれる価値があるの、ないの!」

「先生、これは答えなければならない質問なんですか?」佐野が中平のほうを見て言った。

「答えたくないなら、それでもいいよ」中平は言った。

「なら、おれは答えを保留する」佐野はうなずいた。

「そんなの卑怯よ!」小柱が叫んだ。

「この場のルールを決めるのは先生だ。おれはそのルールに従ってるだけなのに、なぜ卑怯呼ばわりされなきゃならない?」

小柱はなにか怒鳴りかけたが、何とか自制し、川津と松島愛子の顔を見比べながら言った。「あなたたちはどうなの。自分に選ばれる価値はあると思う？」

「みんな知ってると思うけど、僕は今までさんざん、自分自身に選ばれる価値はないと思い知らされてきた人間だ」川津は苦笑して言った。「つまりそう運命づけられてるんだ。その運命が、これからそうそう変わるとは思えない」

「そう悲観することもないいんじゃないか」佐野は川津に笑いかけた。「宝くじが当たるチャンスは誰にだってあるんだ。くじを買いさえすれば」

「松島さん、あなたは？」小柱がたずねた。

「その前に、先生にお聞きしたいんですけど」松島は言った。「先生は、自分自身に選ばれる価値があると思いますか？」

全員が中平に注目した。このシミュレーションを企画した当人である中平は、この問いにどう答えるのか？

「ある」中平はすぐにうなずいた。「ただし、いいものに選ばれるとは限らない」

「どういう意味です？」

「なぜかわからないが、このごろよく考えるんだ。自分はいつ、どこで、どういう死に方をするんだろうと。どういう死に選ばれることになるんだろうかと」

川津は戦慄(せんりつ)した。中平先生は予感していたんだろうか！

あのあと、先生は何と言ったのだったか？　川津は必死に思い出そうとした。変ることはよく覚えているくせに、こういう肝心な部分の記憶はあいまいなのが情けない。

ドアのあく音がした。

川津はふりかえり、伊南村にむかって長いトイレでしたね、と言いかけて絶句(ぜっく)した。

伊南村の顔は、さっきまでとは一変していた。目の鋭さが増し、警察官そのものの顔になっている。川津をじろりとにらみ、すわるよう手でうながした。川津の顔をじっと見たまま、何も言わない。

なぜ急に、自分に対する態度がこれほど変わったのだろうと川津は思った。

14　小柱恵

①男（23・ひきこもり）
⑥男（42・暴力団員）
⑬女（20・男遍歴）
⑯男（23・アスリート）

「簡単な消去法よ」小柱は説明した。

「⑥は問題外。⑬も同じ。暴力団、男たらしなんて」

「⑬については、だまされる方にも責任がある、という言い分にも三分の理があると思うが」と佐野は言ったが、小柱は一蹴した。

「①は社会に益はなさないかわり、害もなさない。⑯は、実力はないにしても、生活態度はまずまずと見たわ」

（通過）
①男（23・ひきこもり）
⑯男（23・アスリート）

（非通過）
⑥男（42・暴力団員）
⑬女（20・男遍歴）
「みごとなまでに、好き嫌いで選んだな」佐野が笑って言った。

「そんなんじゃないわ。公平に、客観的に選定をしたわ」小柱は佐野をにらみつけた。

「別に、好き嫌いで選ぶのが悪いと言ってるんじゃない」佐野は言った。「どんな観点から選ぶかは各人の自由なんだから。ただ、好き嫌いなら好き嫌いと――」

「好き嫌いじゃないって言ってるでしょ！」

「好き嫌いといって悪ければ、君の人間性だ。君にとって暴力団員や犯罪者は、生きる価値があるかどうか、俎上にのせられる資格すらない存在なんだ。大変動が起きたときには真っ先に死ぬべきであると思ってるわけだ。つまり君にとって大変動とは、こうした人種を世間から排除するためのまたとない機会であって――」

「どうして大変動なんか持ち出すの。あたしは、あんなもの信じていないと言ってるでしょ！」

「君が落とした二人について、君の言わなかったことを、おれがかわりに言おう。それが、そうされていると知らないまま選別にかけられている人たちに対する礼儀だと思うんでね」佐野はメモを手に、川津と松島の顔を見た。「賛成してくれるか？」「反対よ！」小柱が、川津と松島の顔を交互に見ながら言った。「あなたたちも反対って言って。そんな時間はないわ」

「僕は佐野に賛成する」川津は、小柱の火を噴くような目を正視することを避け、顔を伏せたまま言った。「時間時間というけど、この一次選定はいちばん大事だ。十六人のうち八人が落ちるんだから、論議はつくすべきだ」

「わたしも賛成します」松島愛子が言った。

「三対一だ。しゃべっていいか？」佐野が小柱にたずねた。小柱はそっぽを向いた。

「⑥男（42・暴力団員）は、過去にいいこともしてるんだ。こういうエピソードがある。中学時代の同級生の証言だ。

『僕をいじめていたグループに対して、彼は一人で話をつけに行ってくれたんです。相手は六人で凶器を持っていましたが、彼は素手でした。グループの一人の親が市会議員だったので、彼が一方的に加害者にされました。学校も警察も何もしてくれませんでした。世間が何と言おうと、僕は彼に感謝しています』——」

「なるほどね」小柱は唇をゆがめた。「ヒトラーは六百万人のユダヤ人を殺したけど、七千キロに及ぶ高速道路（アウトバーン）を整備したのだから、そっちの方にこそ着目しろと、あなたは言いたいわけね」

「次に⑬女（20・男遍歴）だが、おれには彼女が悪人とはまったく思えない」佐野は続けた。「女性はみんな程度の差はあれ男たらしだし、そうあるべきなんだ」

「女性に対する侮辱だわ！」

「そうかね。あなたは素敵な男たらしですね、というのは、女性に対する最大のほめ言葉だと思うんだが」

「話はそれだけ？」小柱の選定結果は変わらなかった。

（通過）

①男（23・ひきこもり）

⑯男（23・アスリート）

（非通過）

⑥男（42・暴力団員）

⑬女（20・男遍歴）

「いつだったか、テレビでこんな番組をやっていた」佐野は言った。「オーラというものは客観的なものか、それとも、それを見る当人が勝手に頭の中で作り上げている幻影にすぎないのか、というテーマだ。

日本人が有名アイドルを見れば、ああやっぱりすごいオーラだと思うだろう。しかし外国の、日本ではまったく無名の人物だったらどうか？

スタジオに二人の外国人男性が呼ばれた。一人は、その国では誰ひとり知らない者はいないという有名人、もう一人は無名の人物だ。どちらが有名人か、スタジオのギャラリーに投票させようというわけだ。

オーラが客観的なもので、どちらかがそれを出しているなら、判断は簡単にできるはずだ。ギャラリーたちは投票し、その結果が発表された。なんと、ほぼ全員が、二人のうち一方に投票していた」

「なぜそんな話をするの？」小柱がいらいらと言った。「関係ないじゃない」

「それで」川津は気になってたずねた。「その投票結果は、当たりだったのか。有名人であろうと大多数が判断したその人は、本当に有名人だったのか？」

佐野はにやりと笑った。「それはだな――」

15　別室で

伊南村は何も言わず、鋭い表情で川津を見つめている。なぜ伊南村がこういう態度をとるのか、なぜ何も言わないのか、川津にはわからなかった。伊南村にこう言ってみた。

「刑事さん、時間は限られてるんじゃなかったんですか。本題に戻りましょうよ」

「そうしてもいいのかね？」伊南村は無表情に言った。

「どういう意味です？」

「さっき私はトイレに行くと言ったが」伊南村はじっと川津を見て言った。「あれは口実で、本当の目的は別にあった。何だと思う？」

「さあ」

「松島愛子に会ってきたんだ」

「松島愛子？」川津は思わず、すこし飛びあがりそうになった。

「そう、いま別の部屋で、別の担当者から聴取をうけている」そう言いながら、伊南村はメモ帳をひらいた。メモを見ながら、ときどき鋭い目で川津を見る。

「彼女とは連絡がとれてないんじゃなかったんですか？」

「あんたにああ言った直後に、取れたんだ」伊南村はあっさりと言った。

「松島愛子がここに……」

「どうした。顔色が悪いぞ」伊南村は川津の顔をのぞきこむようにした。

「ちょっと驚いただけです」

「照合させてもらったよ」

「照合？」

「そう。あんたの今までの話と、松島の話をね」

「そういうことですか」川津はつばを飲み込んだ。「刑事さんの態度が急に変わったので、ふしぎに思っていたんですが……。それでどうだったんです。僕の話したことと、彼女の話したこととの間に、ずれでもあったんですか？」

「気になるかね？」

「言っておきますが、二十年前のことなんですから、記憶に多少の違いはあって当然です」

「あんたは私の態度が変わったといったが、あんたの方こそ、さっきまでとは別人のような顔つきだぞ。松島からも話を聞いていると知った瞬間から」伊南村はポケットからハンカチを出し、川津にさしだした。「顔が汗びっしょりだぞ。ふいたらどうかね」

「松島は何と言ったんです?」ハンカチには手を出さず、川津はたずねた。

16　佐野昇一郎

「それはだな」佐野はにやりと笑って言った。

「当たりでもあり、はずれでもあった」

「どういう意味だ？」川津は首をかしげた。

「みんなが有名人だろうと思ったその人物は、確かに有名人だった。ただし有名人本人ではなく、精巧に作られたＡＩだったんだ。ＡＩがオーラを出すことはありえない。したがってオーラは、客観的なものではなく、見る当人が作る幻影であることが証明された――という顛末さ。同時にこれは、このＡＩを作った研究所のまたとない宣伝にもなったわけだがね。なにしろその有名人のＡＩは、隣にすわっている無名の人物とくらべても、生身の人間という点では、まったく同じにしか見えなかったんだから」

「なぜそんな話をするの？」小柱がまた口をはさんだ。「時間は限られているのよ。早くあなたの選定結果を出しなさいよ」

（通過）

⑤女（16・超能力者？）
⑫男（25・視覚障害）
（非通過）
②女（27・後悔）
③男（42・友達の友達）

「これ、逆じゃないの？」小柱がたずねた。

「いや、これでいいんだ」佐野は答えた。

「わけがわからないわ。あなたに渡った四人はそれぞれに問題のある人たちばかりだけど、なぜ比較的ましな二人が落ちて、そうでない者が通るのよ？」

「おれは自称超能力者も視覚障害者も、問題のある人たちだとは思っていない。⑤は周囲の者にいつも言ってたそうだ。自分の能力が世界に災厄をもたらすことをおそれる。そのために、あえて陽の当たらない人生を選ぶと」

「だって、彼女ひとりがそう言い張ってるだけだろ」川津は言った。「彼女が本物かどうか、わかりゃしないじゃないか」

「そう、彼女が本物かどうかは、本人にしかわからない。川津、君の落とした⑨が有罪か無罪か、本人にしかわからないのと同じように」

この佐野の言葉に、川津は、ちょっと胸を突かれた。

「『自分一人が言い張っているだけだから』という理由で、君は⑨が嘘をついていると断定した。しかしおれは、同じ理由で、彼女が真実を言っていると信じることにした」

「なぜ⁉」

「理由などない。おれの直感だ」

このとき、中平が大きくうなずくのを、川津は目の隅で見た。

深く考えるな、軽い気持ちで選べと中平がしつこいほど言っていたのを、川津は思い出した。

「彼女が本物の超能力者だと信じるんですか」松島愛子がたずねた。「彼女の周囲はすべて、彼女の能力がフェイクだと主張しているのに？」

「そうだ」佐野はうなずいた。

「あなた頭おかしいんじゃないの」小柱が言った。「超能力なんてこの世にあるわけないじゃない」

「それを証明できるか？」

「証明？」

「超能力が存在しないことを証明できるか？」

「そんなこと――」何か言いかけようとする小柱におっかぶせるように佐野は言った。

「とにかく、この四人についてはおれの受け持ちなんだから、おれの好きにさせてもらう」

17　松島愛子

「松島の話はな」伊南村は火を噴きそうな目で川津をにらみつけたあと、ほっと力を抜き、椅子に背をもたせかけた。「大筋であんたと一致していた。経過を全部話しおえるまでは結果を言いたくないという点も含めて。そうそう、あんたについておもしろいことを言ってたよ」

へえ、川津康輔君も聴取を受けてるんですか。なんだか懐かしいですね。元気そうでしたか？

あのときの彼は、就職活動がうまくいかず、かなり焦ってたみたいですね。でも一方で、彼は選ばれたい選ばれたいと言いながら、じつは選ばれないことに喜びを見いだしていたんじゃないでしょうか。排除されること、淘汰されることこそが彼の望みだったんです。このことを彼自身は決して認めないでしょうが。

「ひどい誤解だ」川津の声は悲鳴に近かった。「僕がマゾヒストだと言わんばかりだ。

彼女、そんな風に僕のことを見てたんですか！」

「人の見る目だ。しかたない」伊南村は言った。

「しかし……二十年もたった今になって……」

「あんたはこちらの質問によく答えてくれる。協力的だ。だがそのあんたでも、言おうとしないことがある。自分に都合の悪いこと、自分の恥部だ」伊南村は川津にうなずきかけた。「言わないというより、無意識のうちにフタを──」

「僕はそんなんじゃありません。マゾなんかじゃないです！」

まあ落ち着け、と伊南村がさしだしてくるハンカチを、川津は、今度はすなおに受け取った。

「少なくとも僕が嘘を言っていないということは、わかってもらえましたか」額の汗をふきながら言う。「ほかの三人はどこにいるんです。佐野、小柱、田代もここにいるんですか？」

「その三人の所在は不明だ。これは本当だ」伊南村は言った。いちおう川津に対する疑惑は解けたはずだが、鋭い表情はかわらない。その表情のまままたずねた。「松島愛子とは、しばらく会ってないんだろう？」

「ええ。この二十年、まったく」

「新聞社を退職して、いまはＮＰＯ団体につとめている。二歳の子供がいる。だから、今度の誘拐事件は他人事とは思えないそうだ」

「はあ、そうですか」

「さっきのあんたの話じゃないが、おれにも、よくわからなくなってきた」伊南村はリストを見ながら言った。「犯人は石井なのか、それとも、この中の一人なのか……」

①男（23・ひきこもり）
②女（27・後悔）
③男（42・友達の友達）
④男（65・新聞配達）
⑤女（16・超能力者？）
⑥男（42・暴力団員）
⑦女（20・キルト）
⑧女（29・こわがり）
⑨男（23・痴漢？）
⑩女（43・中学教師）

⑪女（19・過剰な道徳心）
⑫男（25・視覚障害）
⑬女（20・男遍歴）
⑭男（62・シェルター）
⑮女（50・ゴミ屋敷）
⑯男（23・アスリート）

「それというのも、あんたたちの選び方が遊び半分だからだ」伊南村は、すこし八つ当たり気味に川津をにらみつけた。「こんないいかげんな選び方をされたあげく落とされたと知れば、そりゃ恨みたくもなるだろう」

「待ってください。決して遊び半分でやったわけじゃありません」川津は弁解した。

「まあ、時間内に決めるというのが大前提なので、多少急いだきらいはありますが」

「大体、最初から無理なんだ。わずか四時間で、十六人の中からいちばんすぐれた者を選び出そうだなんて」

「あっ、それなんですが」川津は伊南村のほうに右手を向けながら言った。

「僕たちは、すぐれた者を選ぼうとしたわけじゃありません」

「何だって？」

「途中までは確かにそのつもりだったんですが、でもだんだん風向きというか、空気がかわってきて」

「言ってる意味がわからん」伊南村は顔をしかめた。「選ぶというからには、すぐれたものを選ぶのが当たり前だろう。それとも何か、すぐれていないものをわざわざ選ぼうとしたとでもいうのか？」

「僕の考えじゃないんです」川津は急いで言った。「松島さんが選んだ四人を提示したときの中平先生の反応が、ちょっと変だったので——」

18　八人（暫定）

松島愛子が選んだのは④と⑩だった。

（通過）

④男（65・新聞配達）

⑩女（43・中学教師）

（非通過）

⑦女（20・キルト）

⑮女（50・ゴミ屋敷）

川津は小柱恵の表情をうかがった。小柱は⑩が通ったことで、明らかにほっとした表情になっていた。

川津自身も正直ほっとしていた。もし⑩が落とされていたなら、小柱の逆上ぶりは今までの比ではなかったに違いない。

しかし、ふと中平の方を見た川津は、その表情がひどく陰鬱なのに驚いた。

この実験が始まってから、中平のこんな表情を見るのは初めてだった。

さらに驚いたのは、中平が松島にこうたずねたことだった。「本当にこれでいいのか？」

「えっ？」松島だけでなく、全員が中平の顔を見た。中平は今まで、みんなが誰を選び、誰を落としても何も言わなかったのに、今回初めて干渉してきたのだ。

「何か問題でも？」松島は中平に聞き返した。

「いや、問題というほどのことじゃないんだが」中平は、どう言ったものかというように顔をしかめていた。

「たしかに変なところはあるわね」小柱が言った。「なぜ⑦が落ちて④が通るの？」

「みんな、お年寄りには価値を認めないみたいですけど、わたしはできるだけ残してあげたいんです」松島は言った。

「⑦女（20・キルト）を落としたのは、なぜかな」中平がたずねた。

「あまりにも『清潔』すぎるからです」松島は言った。

「この十六人の中で、この人のコメントだけが際立って異質です。ほかの十五人は少なくとも本音を言ってるように思えますが、この人だけは嘘をついてるように思えてなりません」

これを聞いて、川津はあっと思った。

そうだ。この十六人が全員本当のことを言ってるとどうしてわかる？　中平は十六人全員が実在だとは言ったが、嘘をついていないとは――。

「嘘はついていない」中平は真剣な顔で言った。「十六素材すべて、本心を言っている」

「⑦女（20・キルト）は嘘はついていないというんですか？」松島がたずねた。

「なぜそうわかるんです？」

「私が保証するからだ」

「保証――先生が⑦女（20・キルト）の人格を保証するんですか？」

「そうだ」

「こりゃ奇妙だ」佐野がマイ・ゴッド！　というように両手をあげて言った。

「まるで⑦女（20・キルト）を落としてほしくないと言わんばかりだ。先生はこの女性に特別な思い入れでもあるんですか？」

「いや、別にそんなことは」中平の口調はめずらしく、歯切れが悪かった。

「まあいいじゃないの」小柱が、残り時間が気になるらしく、腕時計を見ながら言った。「これで、全員の一次選別が終わったわね」

（通過）
①男（23・ひきこもり）
④男（65・新聞配達）
⑤女（16・超能力者？）
⑧女（29・こわがり）
⑩女（43・中学教師）
⑫男（25・視覚障害）
⑭男（62・シェルター）
⑯男（23・アスリート）

（非通過）
②女（27・後悔）
③男（42・友達の友達）
⑥男（42・暴力団員）
⑦女（20・キルト）
⑨男（23・痴漢？）

⑪女（19・過剰な道徳心）
⑬女（20・男遍歴）
⑮女（50・ゴミ屋敷）

まあこんなもんかな、と思いつつ、川津は頭の中で、本当にこれでいいのかなと思っていた。でも仕方ない。時間の関係があるし――。

「じゃこれで、次の――」と小柱が言いかけたとき、松島が、あの、と手をあげ、中平にむかって言った。

「先生、このシミュレーションに正解はあるんですか？」

「正解？」全員が松島の顔に注目し、ついで中平の顔を見た。松島は続けた。

「最終的にこの一人が選ばれるべきだと、そういう一人を、すでに先生は決めているんですか？」

中平は松島をじっとみつめ、うなずいた。「そうとも言えるし、そうでないとも言える」

「どういう意味ですか？」

「僕だったらこれを選ぶだろうという漠然としたイメージは、もちろんある。しかしそれが唯一の正解であるとか、そういう話ではまったくない。君たちは君たちなりの考えで進めてくれればいいんだ。正解を選ぼうなんて考える必要はない。選ばれた者が正解なんだ」

「歴史ですね」佐野が笑って言った。「正義が勝つんじゃない、勝った者がすなわち正義というわけだ」

松島はしばらく考えてから、小柱に言った。

「あの、これ変えてもいいですか」

19　もっといい方法

「十六人のうち八人まで決まった。やれやれと思ったら、松島愛子が変えると言い出したのか？」伊南村があきれたように言った。

「いつになったら八人が決まるんだ？　二十年前のあんたらは遊び半分だったんだろうが、今は子供の命がかかってるんだ。犯人の指定したタイムリミットまで二時間と少ししかないんだぞ」

「焦っていたのは、あの時の僕たちも同じです」川津は言った。

「制限時間の四時間はもう半分を過ぎていたのに、まだ一次通過の八人を決めることさえできずにいたわけですから」

「いいかげんに決めたかと思うと、その決めたことをコロコロ変えたりする。いいかげんの上の、さらにいいかげんじゃないか」

「しかし、伊南村さんにはこういう経験ないですか？　一度決めたものの、本当にこれでいいんだろうかと思い迷ったりしたことが」

「そりゃないことはない。しかし時間までには決断する。そうしなけりゃ、何ひとつ前に進まないんだから。あんたたちの場合はまるで、思い迷うことを楽しんでるみたいだ。時間はどんどん減ってるというのに！」

「僕に怒らないでくださいよ。変えると言ったのは松島なんですから。ああ、こうして思い出してみると、松島というのは変わった女性でしたね。二十年前のあのときは、小柱の押しの強さや佐野のアクの強さの陰にかくれて目立たなかったんですが、要所で重要な発言をしていたのは彼女なんですよね。それに、観察力が旺盛だったことにも、いま初めて気づきました。まさか僕をマゾヒストと思っていたとは……」

「正直、おれもかなり変わった女性だとは思ったよ」伊南村はうなずいた。

「元新聞記者という割りには、愛想というものがまったくない。目を伏せたままぼそぼそと、小さな声で話す。かと思うと、言ってることの内容はかなり芯が強くて、強情で……」

「それは、二十年前とまったく同じですね」川津はすこし笑って言った。「人間なんて、何歳になっても根本的な部分は変わらないのかもしれませんね」

20　変更

松島は小柱に言った。「あの、これ変えてもいいですか」
「変える？」小柱は眉をひそめて聞き返した。

（通過）
①男（23・ひきこもり）
④男（65・新聞配達）
⑤女（16・超能力者？）
⑧女（29・こわがり）
⑩女（43・中学教師）
⑫男（25・視覚障害）
⑭男（62・シェルター）
⑯男（23・アスリート）

（非通過）
②女（27・後悔）
③男（42・友達の友達）
⑥男（42・暴力団員）
⑦女（20・キルト）
⑨男（23・痴漢？）
⑪女（19・過剰な道徳心）
⑬女（20・男遍歴）
⑮女（50・ゴミ屋敷）

「これを変えるというの？」

「そうです」

「今さら何言ってるの。あなたはもう決めたんでしょ？」

「はあ、でも……」

「一度決めたことをコロコロ変えられちゃ迷惑だわ。時間は限られてるのよ。あと二時間しかないのよ！」

「意見の圧殺はいかんなあ」佐野が言った。「君は⑩女（43・中学教師）が落とされるかもしれないと思って警戒してるのかもしれないが」

「そんなんじゃないわ。ていうか、そんなはずないわ」小柱は松島に念をおした。「ね、そうよね？」

「いえその、悪いんですけど」松島は口ごもりながら言った。「⑩を落とします」

「えっ？」

「かわりに⑦女（20・キルト）を通します」

「それは、さっき中平先生にああ言われたからかい？」川津がそう聞こうとするより前に、

「ちょっとあなた！」小柱が顔色をかえて席から立ち、川津の背後を通って松島に近づこうとしたのだ。松島が小さく悲鳴を上げて逃げかかった。川津は反射的に立ちあがり、小柱の前をふさいだ。

「そういうのはよくないと思うな」

「そういうのって何がよ。あなたに何がわかるの！」

「一次選定は四人で分担すると決めたんだ。各自の判断を尊重すべきだ」

「それがあやまった判断であっても？　あやまりを修正せず、放置しておくべきだと

いうの？」

「君のお母さんが選ばれないことが、あやまりだと言いたいのか？」

「優秀な者が選ばれるべきだと言いたいだけよ」

「⑩を落とす理由を説明します」松島が言った。

「⑩は、本当にあったことは一度も語らず、自分にとって都合のいいことを何度も述べたてています。嘘も百回言えば本当になると言いますが、⑩は、自分の過去を書き換えようとしています」

「そんなの、誰でもやってることじゃない」小柱は言った。「そんなこと言うならなぜ、さっきは⑩を通したの？」

「⑩が嘘つきだとしても、⑦女（20・キルト）の大嘘つきぶりにくらべたら罪は軽いと思ったからです。でも、勘違いしていたようです。中平先生によれば、⑦は嘘はついていない。それを信じるとするなら、話はまったく変わってきます。⑦を落とす理由はなくなります。となれば、かわりに落ちるのは⑩ということになるわけで――」

「スジが通ってるな」佐野が言ったが、

「通ってないわよ！」小柱が叫んだ。「そんなことのために、ママを落とすなんて」

「おっ、初めて⑩が自分の母親だと認めたな」佐野が笑ったが、小柱は無視して続けた。

「中平先生のヒイキの女を通して、先生に気に入られたいの？　そんなことして、あなた自分が恥ずかしくないの？」

「先生に気に入られたいために⑦を通すわけじゃありません」松島は言ったが、小柱は聞く耳を持たなかった。

「あなたは一度⑩を選んだのよ。そのままにしておきなさい。これは命令よ！」

「ついに命令という言葉を使ったか」佐野が苦笑しつつ頭をかいた。

「この四人の受け持ちは松島さんなんだ」川津は横から言った。「彼女にまかせようよ」

「彼女はまちがった判断をしてるのよ。あたしには修正してあげる責任があるわ！」

「君がそうやってわめいている間に、時間はどんどん減ってるんだぜ」佐野は言った。

「いいじゃないか。⑦が先生のごひいきであっても、愛人であっても。このシミュレーションの正解が⑦であることは、いまや明白になったんだ。それと知った上で⑦を選ぶか、落とすか。シミュレーションはそういう局面に入った。それだけのことだ。そうでしょう先生？」

「そういう風に解釈されるのは困る」中平は顔をしかめながら佐野に言った。「誤解があるようなので繰り返して言うが、⑦が正解ということはまったくないし、このシミュレーションに正解はない」

「先生、額から汗が出てますよ」佐野がからかった。「百万の言い訳より、ひとつの生理的現象の方が正直ですな」

変なことになってきたなと川津は思った。

佐野の言ったことが正鵠(せいこく)を射ているかどうかはともかく、この実験に何らかの思惑が隠されていることは確かなようだ。中平が自分たちに教えようとしない思惑が。

「このシミュレーションは『不純』になってきたが、それを純粋に戻す方法がある。松島、君がこの時点で⑦を落としてしまうことだ」佐野は言った。

「そうすれば『不純物』はとり除かれる。もちろん、このシミュレーション全体のことを考えるか、君自身の考えを優先させるかは君の自由だが」

そうだ、それはひとつの解決策かもしれないと川津は思った。

「そうよ」小柱が叫んだ。「それがいいわ。⑦を落として⑩を残しなさい！」

小柱が佐野の意見に賛成したのはこれが初めてだなと川津は思った。だが松島は首を振った。「私は⑦を落とす気はありません」

「どうして！」小柱は叫んだ。

「どうしてそんなに⑦に固執するんだ？」佐野も松島にたずねた。

「固執じゃありません。⑦か⑩かということになれば⑩を落とすしかない。それだけのことです」

「仕方ないな。今の段階では、⑦に関する権利は松島にあるんだから」佐野は肩をすくめた。「まあいいさ、これから先、⑦を落とす機会はいくらでもあるわけだし。先生、いいんですね、⑩を落としても？」

「君たちがそうしたいのなら、そうすればいい」中平は言った。

「ずいぶん自信があるんですね。何だかんだ言って最後に選ばれるのは⑦に決まっている、自分はそのことに確信がある――とでも言いたげな顔だ」佐野はそう言ってから小柱の方を向いた。

「小柱、君は母親を落とされて不満だろうが、そのかわり、⑦も次の段階で落ちるよ。僕が責任をもって⑦を落とす。そういうことで納得してくれないかな？」

「納得できないわ」小柱は言った。「一度決めたことをあとから変えるなんて卑怯よ」

「卑怯だって？」こう聞き返したのは松島ではなく川津だった。「物事を考え直すのは卑怯なことなのか？」

「そうよ、人の迷惑も考えずに――」

「君の迷惑？　これは僕たち全員でやるシミュレーションじゃないのか？」

「このシミュレーションについて一番わかっているのはあたしよ。あたしの考えを妨害しようとする者は、すなわちみんなの迷惑よ」

「シミュレーションを私物化するのは、どうかと思うが」

「うるさいわね」小柱のこめかみに血管が浮き出た。「あなたなんかに、あたしに意見する資格があると思うの？　就職に失敗したプータローのくせに！」

おっと、言ってはならないことを言ったな、という佐野の笑いまじりの声が聞こえたが、その声以上に大きく聞こえたのは、川津自身の頭の中で、何かがぷつっと切れる音だった。小柱に対するいわれのない劣等感、いわれのない忍従といった感情に決別する音だった。なぜ小柱にここまで言われて黙っていなきゃならない？　小柱に対してへりくだる必要などなかったのだ。就職の成否だけで平然と人間を差別する、小柱のような女に対して。川津は言った。

「じゃ僕も、その卑怯なことをする。⑧を取り消し、⑨を通す」


（通過）

①男（23・ひきこもり）
④男（65・新聞配達）
⑤女（16・超能力者？）
⑦女（20・キルト）
⑨男（23・痴漢？）
⑫男（25・視覚障害）
⑭男（62・シェルター）
⑯男（23・アスリート）

（非通過）
②女（27・後悔）
③男（42・友達の友達）
⑥男（42・暴力団員）
⑧女（29・こわがり）
⑪女（19・過剰な道徳心）
⑩女（43・中学教師）

⑬女（20・男遍歴）
⑮女（50・ゴミ屋敷）

「どういうつもり？　あたしにあんなこと言われた当てつけに、こんなことをするわけ？」小柱は川津をにらみつけ、それから露骨に嘲笑した。「そうよね。あなたがあたしに一矢報いる方法といえば、これしかないんだものね」

「そういうわけじゃない」川津は言った。「⑨男（23・痴漢？）を落としたことは、さっきから気にかかっていたんだ。ただ、それを訂正しようと申し出るきっかけがつかめなくて」

「何だっていうのよ、みんな勝手なことばかりして……」小柱は怒りに顔を紅潮させながら、みんなの顔を見回した。「いつになったら一次選別が終わるのよ！」

「カッカするなよ。たかがシミュレーションじゃないか」佐野が言ったが、小柱の怒りはおさまらなかった。

「シミュレーションだとしても、これは人の運命を左右する作業なのよ。真剣にやるべきだわ」

「ほー、おもしろいことを聞いたな。これを真剣にやらなきゃいけないなんて、いつ誰が決めたんだ？」

「何ですって？」

「時間内におさめるためには、四角四面に議論をしているわけにはいかない。真剣さをある程度犠牲にしなきゃな」

21　変更Ⅱ

「それで——最終的にこの中から、⑦が選ばれたのか？」伊南村は、一次選別のリストを見ながらたずねた。

（通過）
①男（23・ひきこもり）
④男（65・新聞配達）
⑤女（16・超能力者？）
⑦女（20・キルト）
⑨男（23・痴漢？）
⑫男（25・視覚障害）
⑭男（62・シェルター）
⑯男（23・アスリート）

（非通過）

②女（27・後悔）

③男（42・友達の友達）

⑥男（42・暴力団員）

⑧女（29・こわがり）

⑪女（19・過剰な道徳心）

⑩女（43・中学教師）

⑬女（20・男遍歴）

⑮女（50・ゴミ屋敷）

「とりあえず落とされたのは八人。落とされた腹いせに犯行に及んだとするなら、この八人があやしいというわけか」

イメージ1　②女（現47・後悔）が犯人とすれば

誘拐してきた男児を前に、頭をかかえている。

「あなたのお父さんはひどい人よ、人を勝手に実験台にしたりして。あたしはね、昔からずっと選ぶのがへただったの。学校にしても仕事にしても亭主にしても、ああだこうだと迷いに迷った末に、いつも最悪のものを選んでしまって、そのたびに後悔する羽目になるの。あたしの人生は常に後悔とともにあったわ。今だってそうよ。ああ、なんでこんなことをしてしまったのかしら！」

（してしまってから後悔する典型的なタイプ。逆にいえば、後悔に至るまでの実行力はあるということか？）


「今までの話を聞いていると、最終的に⑦女（20・キルト）が選ばれたのかどうか、それが気になるんだが」伊南村は再度くいさがったが、川津はすこし考えてから首を振った。

「もうしわけありませんが、まだ言えません。順番に最後まで聞いてください」

「あんたも変なところで頑固だな。まあいいだろう」伊南村はふんと鼻を鳴らした。

「とにかく、やっと八人まで減ったんだから」

「あの」川津は言いにくそうに言った。「この八人で決まりというわけじゃないんです」

「何だって。まだ決定じゃないというのか！」

イメージ2　③男（現49・友達の友達）が犯人とすれば

中平に詰め寄っている。

「僕が何に怒ってるかわかりますか？　落とされたことにじゃありません。友達でも何でもない、見ず知らずの人間の手で選別されたことに怒ってるんです。友達によってどう評価されようが、選別されようが、そんなことはかまいません。でも僕を選別にかけた学生たちは、僕にとってまったくの他人じゃないですか。かれらに僕の何がわかるというんです。えっ、わからないからいい？　僕について何も知らないからこそ、直感で選ぶか落とすか決めることができる、そんな実験だったというんですか？　あんた人を馬鹿にしてるんですか。僕の友達の友達はヤクザなんですよ。僕が一言頼めば、あんた東京湾に浮かぶんだよ！」

（『友達の友達』なるものは、まず存在しない上に、当人自身の実行力は薄弱。可能性は低いか？）

22　淘汰

「シミュレーションだとしても、これは人の運命を左右する作業なのよ。真剣にやるべきだわ」小柱は言った。

「ほー、おもしろいことを聞いたな。これを真剣にやらなきゃいけないなんて、いつ誰が決めたんだ？」

「何ですって！」

「時間内に一人を決めること、これが最優先だ。熟慮（じゅくりょ）のすえ時間切れになるよりも、直感で選んで時間内におさめる方がいい。そうですよね先生？」

「できるならていねいにやってほしいが、時間内が最優先というのは、たしかにそうだ」中平はうなずいた。

「熟慮して時間内におさめれば、それがベストなわけでしょう！」小柱が言った。

「現実的に、それはかなりむずかしい。二兎を追うのは危険だ」佐野が言った。

「すでに二時間を過ぎた。のこり二時間で決めようと思うなら、真剣に合議している時間などない」

「誰も合議しようなんて言ってないわ。あたしたちの中に頭のおかしい人が一人いるだけで、合議は不可能になるんだもの」

「頭のおかしいやつってのは、おれのことか?」佐野が苦笑しながらたずねるのを無視して、小柱はみんなの顔を見回しながら、必死とも見える表情で言った。

「最善の解決策があるのよ。ここから先は、あたし一人にまかせてもらえないかしら?」

小柱の独断がベスト——やはりこう来たかと川津は思った。

「待ってくれ」川津は言った。「それはルール違反だ。全員参加が原則じゃなかったのか?」

「参加すべきでない人が参加したって仕方ないわ!」

「それは僕のことか?」川津は言い返した。少し前の彼だったら、仕方ない、自分は就職に失敗した負け犬なのだからと下を向いたところだろうが、今は小柱の目を見返すことができていた。

「淘汰を愛する小柱恵ならではの発言だな」佐野が言った。「選ばれる側ではなく、選ぶ側の資質も問われるシミュレーションだな、これは」

「最初から、合議では完全な判断ができないとわかっていたのよ。これからはあたし一人にまかせて。最高の結果を出してみせるから――いいですね先生?」

小柱にたずねられた中平は、他の三人を見回してたずねた。「君たちはどうなんだ。賛成か?」

「あの」川津は、われながらセコい質問だと思いつつ、中平にたずねた。「かりに小柱さんに全部まかせて傍観することになった場合、それでもギャラは出るんですか?」

「もちろんだ」中平はうなずいた。「作業量にかかわらず、ギャラは一律一万円だ」

だったらそれもアリかな、と川津は思った。ここまでこの実験に参加してきて、つくづく嫌気がさしていた。これ以上小柱にイヤミを言われながらこの場にいたくはない。それにやはり、人を選ぶという作業は自分には荷が重い。苦労して選んでも、そのそばから小柱に低能呼ばわりされるのではたまったものではない。荷は全部小柱にしょってもらおう。その結果誰が選ばれることになろうが知ったことではない。どうせシミュレーションだ。どうせアルバイトだ。

じゃ僕降ります、と川津が言いかけたときだった。松島が小柱に言ったのだ。

「あなたはすぐれた者を選びたいんですか?」

イメージ3　⑥男（現62・暴力団員）が犯人とすれば

中平に詰め寄っている。

「先生は二十年前、私を実験台にしましたね。そして落とした。ああ、そうしたのが学生さんたちだということはさっき聞きましたが、先生の教え子さんたちである以上、先生が落としたのと同じことです。そうですよね？　私がヤクザだから落とされた。そのことを怒ってるわけじゃありません。私だって、普通の人とヤクザのどっちを選ぶかと聞かれたら、普通の人を選ぶでしょう。つまり私は選別にかけられた瞬間から、落とされることが決まってたわけです。私が何を言いたいかわかりますか？　これは裁判よりひどいってことですよ。法律は私らヤクザに対して徹底的につらく当たります。ヤクザが裁判で無罪を勝ち取る資格なんて限りなくゼロに近いです。でもゼロじゃない。しかし先生のやった実験ではゼロだ。私、裁判よりひどいものを初めて見ましたよ」

（自分の知らないところで、自分の存在を全否定された。動機にはなりうる）

「当たり前じゃない」小柱は、何を言うのかという表情で言った。「選ぶってそういうことでしょ。入試だって、入社試験だって――」

「これは入試でも入社試験でもありません。十六人の中から選び出されるべきなのは、最も生きるに値する者です」

「だから、最もすぐれた者が、最も生きるに値するんじゃない」

「そうでしょうか。生きるに値する者とは、すぐれた者だけをさしているんでしょうか。すぐれていない者には、生きる資格はないんでしょうか？」

川津はこれを聞いて、あっと思った。さっきから頭の中でもやもやしていたものが、急にはっきりとした形をとりだしたように思った。

「あなた、神様みたいな言い方をするのね」小柱はことさら嘲（あざけ）るような笑みを浮かべながら言ったが、松島は冷静だった。

「そう、わたしたちはこの瞬間まさに神です。十六人の人間の運命を左右する立場にある者が神でなくて何でしょう？　であるなら、人間としてではなく、神の立場でものを見、考えなければなりません。そんなことができるかどうかにかかわらず、そうしなければならないんです。理解しなければならないんです。理解が無理なら、想像しなければならないんです。神がなぜ生まれながらの病弱者や障害者を作り出したのか、その理由を。かれらは失敗作なんでしょうか、無駄な存在なんでしょうか。

わたしは違うと思います。それはわたしたち人間がそう思っているだけで、かれらが生まれたことにはまぎれもない意味があるはずなんです。ただ、それがどういう意味なのか、わたしたちが気づくことができずにいるだけです。

すぐれた者が選ばれ、そうでない者は排除される。そんなありきたりな価値観じゃなく、もっと広い価値観に立つ、少なくとも立とうと努力する——。この実験に参加するにあたり、わたしたちは、そう心掛けるべきなんじゃないでしょうか」

「じつにご立派な意見ね」小柱はあからさまに嘲笑した。「でも残念ながら、あなたの言っていることはまったくの的外れよ。結局あたしたちは人間以外の者にはなれないんだから。人間が人間を選ぶ、それだけのことよ」

「人間が人間を選ぶ、それがどれほど罪深いことか、あなたにはわかっていますか？」

「あなたねえ、今になってそんなこと言って時間を浪費するのはやめてよ」

「小柱さんは神の存在を信じていますか？」

「神は——」小柱はちょっと絶句してから言った。「それはまあ、神がいると信じる人にとっては、存在するんでしょうね」

「そんなあいまいな答えじゃなく、あなた自身はどうなんです。あなたにとって、神は存在するんですか。しないんですか？」

「うるさいわね。そんなこと今はどうだっていいでしょ！」

「わたしは生まれた時に洗礼を受けているので、クリスチャンです。まじめな信徒とは、口が腐っても言えませんが。だからこういう言い方をする資格はないかもしれませんが――。

　人間が人間を選ぶなんて、本来許されないことです。人間を選ぶのは、神にしか許されないことのはずです。でも実際には、日々人間の手で人間に対する選別がおこなわれています。人間はいやおうなしに神の役割を代行してしまっているんです。人間自身も気がつかないまま」

「だから何なの？　何が言いたいの？」

「人が人を選ぶ、神が人を選ぶ、選別という点では同じかもしれません。でも神が人間を選別するとき、どういう尺度でそうしているか、人間には決して理解できないはずです。人の手では絶対に選ばれるはずのない者が、神の手では選ばれる、そのことの方がむしろ当然だということを、わたしたちはどれだけわかっているでしょう？

　生まれて生きて死ぬ、この一点において、すべての人間は神の前で平等です。生まれてから五分で死んだ赤ん坊も、百歳まで生きたお年寄りも、同じことです。長く生きるより、どう生きたかが問題なんです。よく生きるとはどういうことでしょう。一家心中の記憶をひきずって生き続けること、自分自身が超能力者だと信じること、日々キルトを編み続けること、痴漢裁判を戦いぬくこと、視覚障害のハンデを背負ったまま映画を撮ること、シェルターを作って一人だけ生き延びようとすること、自分の意志をもたず、服従に徹すること、地球最後の日でもランニングの練習をすること、このうちどれが正しい生き方で、どれが間違った生き方なんでしょうか。ある生き方が、別の生き方にくらべて、どのくらい正しくて、どのくらい間違っているんでしょうか。わたしにはちょっとわからなくなっています」

「だから、あたしが選んであげるって言ってるんじゃない」

「いいえ、それはよくないと思います。あなたが簡単に選べるのは、じつは選んでいないからだと思うからです」

「あたしが選んでいないですって？」

「あなたは最初から答えを決めている。自分の好みにあわない者は最初から排除している。あなたが選ぶのは、自分のためであって、選ばれる者のためではありません。まして、その者が選ばれたことによって生じる未来のためではまったくありません」

「その者が選ばれたことによって——何ですって？」

「人を選ぶというのは、この世界の未来を選ぶことなんです。タイムマシンで太古の昔にさかのぼった人間が一羽のチョウを踏み殺したために、百万年後の地球の様相が一変してしまうという『バタフライ・エフェクト』の例を引くまでもなく、この一人が地上にいたために世界全体の運命が変わるということは、現実に起こり得ます」

川津は松島の言葉に心をうたれていた。まったくその通りだと思った。しかし小杜はまったく納得していないようだった。

「あなたは、単純な問題をことさら複雑にしているだけよ。優秀な者が何人もいるのに、それをさしおいて、水準より劣った者を選べっていうの。それがあなたの考えなの？」

「社会的弱者だというだけで、最初から検討の圏外に置くことはいかがなものかと言ってるんです」

「検討して、それでどうなるの？　結局は落とされるに決まってるじゃない」

「なぜそう決めつけるんです？」

「常識だからよ。すぐれた者が選ばれ、そうでない者は淘汰されるのよ」

「優生学だな」佐野が横から口をはさんだ。

「正確には１９３０年代以降、ナチスドイツのもとで歪(ゆが)めて解釈された優生学だ。本来なら自然淘汰によって幼少時に死んでいたであろう先天性障害者が、医学の発達によって生き延びるようになった。これが人間という種を汚(けが)すことになっている。自然の手で淘汰がなされないなら、人間の手でそれをしなければならない。――こう信じたナチスはとっくに滅んだが、しかし同じ考えを持つ連中は、今でもいる。それも、おれたちが想像する以上に多く。

そうした連中は、大変動を心待ちにしている。それによって多くの社会的弱者が淘汰されることを期待しているんだ。しかも自分たちだけはその被害をまったく受けることなく無傷で生き延びられると、なんの根拠もなく信じている。そうだろ小柱？」

「あたしは大変動なんて信じていないと言ってるでしょ」

「そう。大変動が実際におこるかどうかはわからない。しかし淘汰はなされるだろうと、君自身がすでに言ってしまった以上、それはなされなければならない。それがどんな形であっても。淘汰を望む当人たちにとってさえ予想外の形であったとしても」

「言葉遊びをしたいなら、いつでも好きな時に、あなた一人でやればいいわ。でもここでは遠慮して。ああ、もうどれだけの時間を無駄にしたと思ってるの！　あと九十分しかないのよ。九十分でこの八人を一人にまでしぼりこむことが、あなたたちにできるの」

「君にはできるというのか？」

「できるわ。そのための第一条件は、佐野君、あなたがこの場から消えることよ」

「おれを淘汰しようというのか。何の権利があって？」

「あなたはこの実験を妨害する障害物だわ。この場から出ていって」

「出ていくべきなのは、君の方だと思うな。小柱さん」川津は反射的に言った。言ってしまってから、自分でも、なぜこんな言葉が口から出たのか驚いた。

「えっ？」小柱は、川津の口からこう言われたことがよほど意外だったらしく、まじまじと彼の顔を見た。「あなた、いま何て言ったの？」

「僕は、君が差別的な考えの持ち主であること自体を批判してるんじゃない」もうあとへはひけないので、川津は必死に言葉をつぎたした。「問題は、君がそのことに自覚的でないことだ。差別的な考えを心の底で持っていたとしても、この場ではそれを封印して、極力公平な立場に立とうとする、そういう姿勢が君には欠けているように思う」

「何を言ってるの」小柱の顔は真っ赤だった。「ねえ、何を言って……」

　佐野がぱち、ぱちと拍手をした。「川津は君に言わせれば、就職に失敗した落ちこぼれかもしれない。しかしいま彼の言ったことは、神と悪魔が顔を見合わせてうなずいてもおかしくないほどの正論だ」

「あなたたちみんな、どうかしちゃったんじゃないの？」小柱は、この場で何が起きているのか理解しかねるという顔で全員の顔を見回した。「正論なら、あたしがずっと言ってきてるじゃない。あたしの言ってることが正論なのよ。なぜそれがわからないの？」

小柱は必死に述べたてた。自分の言うことを聞いていれば間違いはない。自分の言う通りにしないかぎり、この実験は失敗する。しかしもう誰も、それに耳を貸す者はいなかった。この空気はさすがに小柱にもわかったようだった。

「あなたたちには、もう正しい判断ができないわけね」小柱は突然、もう何もかもどうでもいいという顔になって言った。

「だったらわたしの方から離脱するわ。すでにこの実験は無意味なものに成り果てたんだもの。こんな馬鹿なこと、やってられないわ！」

おいちょっと、と川津たちが止めようとするのを無視して、小柱は憤然と席から立ち上がり、テーブルを離れ、中平と田代のそばへ移動した。

「気にいらない者を淘汰することができないとわかったので、自分自身を淘汰したわけか。なかなかできない発想だ」佐野が苦笑した。

「君が将来どんな仕事につくことになるか知らないが、君の同僚になる連中に今から同情するよ。さて——われわれ三人で、この八人を一人にしぼりこむことに異存はないかな?」

①男(23・ひきこもり)
④男(65・新聞配達)
⑤女(16・超能力者?)
⑦女(20・キルト)
⑨男(23・痴漢?)
⑫男(25・視覚障害)
⑭男(62・シェルター)
⑯男(23・アスリート)

佐野にたずねられた川津と松島はうなずいた。

小柱は中平にむかって、わめくように言い続けている。「このシミュレーションは失敗です。参加者の態度に問題がありすぎます。いますぐ中止すべきだと思います」

「君が不満だからといって、中止する理由にはならない」中平は言った。「このシミュレーションは最後までやる」

「先生までそんな！」

「君はすでにオブザーバーにすぎない。静かに見ていなさい」

「小柱、最後に何か言いたいことはあるか？」佐野が小柱にむかって言った。小柱はふんと鼻を鳴らし、横を向いた。

「あたしはもう関係ないのよ、勝手にすれば？」

「なら、ひっくりかえしてもいいかな？」

「ひっくりかえす？」

「君の通した二人を落とし、落とした二人を通すんだ。その方がおもしろいと思う」

一次選別選定の最終結果は、以下のようになった。

（通過）

④男（65・新聞配達）

⑤女（16・超能力者？）

⑥男（42・暴力団員）

⑦女（20・キルト）、
⑨男（23・痴漢？）
⑫男（25・視覚障害）
⑬女（20・男遍歴）
⑭男（62・シェルター）

（非通過）
①男（23・ひきこもり）
②女（27・後悔）
③男（42・友達の友達）
⑧女（29・こわがり）
⑩女（43・中学教師）
⑪女（19・過剰な道徳心）
⑮女（50・ゴミ屋敷）
⑯男（23・アスリート）

「すごいことになっちまったな」川津はため息をついた。

佐野は明らかに興奮していた。「おもしろい。実におもしろい」

川津は、ちょっと気になってたずねた。「おもしろがるためにやってるのか?」

「さっきも言ったが、実験をおもしろく、楽しくやっちゃいけない規則なんてないだろ? このメンツを見てみろ。普通なら絶対に選ばれない八人だ。松島の言い方を借りれば、神にしかできないセレクトだ。なあそうだろ?」

「わたしが言ったニュアンスとは、ちょっと違うように思いますけど」松島は小声で言った。が、佐野はかまわず続けた。

「おれたちはこれからどんな基準で、どんな観点から、これから先の選定をすすめることになるんだろうな? ワクワクするぜ」

「ワクワクするのはいいですけど、あと八十五分しかないんです」松島が言った。

「次の作業にかかったほうがいいと思います」

離れた場所に立ったまま、小柱はまだ怒り続けていた。

「無意味だわ。無意味よ! 先生、ここから出ていってもいいですか?」

「それは駄目だ」中平は言った。「さっきも言ったように、実験が終わるまではこの場にいてもらう」

23　ダミー

「何だこりゃ」伊南村はリストを見ながらあきれかえっている。

「一度落とされた⑥男（42・暴力団員）がまた選ばれてる。しかも、理由らしい理由もなく、遊び半分で！」

「佐野にまるめこまれた形ですね」川津は苦笑した。

「まあ、いまさら驚きはしないがね。あんたたちのいい加減さというか、いきあたりばったりぶりには」伊南村は嘆息した。「実験台にされた方の身になってみろと言いたいね。断りもなく実験材料にされた上に、こんないい加減な選ばれ方をされたとわかったら、そりゃ恨みたくもなるだろうさ」

イメージ4　⑧（現51・こわがり）が犯人とすれば
こわいこわいと言いながら中平を殺し、こわいこわいと言いながら郁雄に置き手紙を書かせた上誘拐し、某所に隠れひそんでこわいこわいと言っている。

彼女にとっていちばんこわいのは、このまま連絡がなく、実験の真相を知ることができなくなってしまうことだろう。その場合彼女は、こわいこわいと言いながら郁雄を殺すことになる。


「佐野昇一郎、小柱恵、田代譲、この三人の所在は、まだつかめないんですか?」川津はたずねた。

「まだだ」伊南村はそう答えてから、川津の顔を見直すようにした。「気になるのか?」

「ええ」

「何が気になる?」

「可能性です」

「可能性なら、もっと広い可能性です」

「もっと広い可能性です」

「広い可能性?」

「中平先生を殺し、子供を誘拐した犯人は誰なのか。いまだにそのはっきりしたイメージすらつかめていません。石井秋夫である可能性が最も高いことは確かですが、そうじゃない可能性もある。この十六人の中の誰かか、その関係者か。いや、それ以外の誰かである可能性もある。僕は二十年前のことを思いだしながら、そのことをずっと考えていました」

川津は続けた。

「僕なりに、あらゆる可能性を考えたつもりでした。でも、考えがたりなかったのかもしれません」

「参考人の枠を超えて、探偵というわけかね」伊南村が皮肉をこめた言い方をしたが、

「これ以外にまだ、犯人である可能性のある者がいるのか？」

「ええ」

「誰だそれは？」

「実験の参加者――僕たち自身です」川津は言った。

「この瞬間警察に拘束されている僕と松島愛子は除くとして、実験に参加した他の三人――佐野、小柱、田代、この三人の行方はいまだ不明です」

伊南村は一瞬意表をつかれた表情になったが、すぐに、そりゃおかしいよと言った。

「実験に参加した君たちが、二十年後に、どういうわけでこんなことをする必要がある？　犯人は、実験の内容を公表せよと要求している。しかしあんたたち五人には、

いまさらそんなことを要求する必要はないはずだ。実験の結果をすでに知っているんだから」

「そうです。僕たちは実験の内容を知っている。したがってあんな要求をする必要はない。したがってあの要求をしたのは僕たちではありえない。そう思わせるために、あの要求を出したのだとしたら？」

イメージ5　⑪女（現39・過剰な道徳心）が犯人とすれば

誘拐した男児を前に、自分の心情を反芻している。

——無断で人を実験台にすることは罪だ。罪を犯した中平幸雄も、その息子も、罰を受けなければならない。当然のことだ。あの実験の目的が何だったのかわかればもちろんよいが、わからなくてもかまわない。息子に罰を与える、これ以上ない後ろ盾を得たことになる。私の要求を無視した方が悪いのだ。私は正しい。神様にはわかっていると思うが、わかっていなくてもかまわない。その場合、間違っているのは神様の方だ。

（一度こうと思い込んだら、他人の意見をまったく聞かない。平穏を見たら騒動

を起こさずにはいられない、説得が通用しないタイプ。犯人だとしたら厄介）

伊南村は飛びあがるように立ちあがった。パイプ椅子がうしろに倒れ、けたたましい音を立てた。

「あの要求は、犯人自身を捜査圏外に置くためのダミーだったというのか！」伊南村はあえぐように言った。思ってもいなかったことを指摘された驚きが表情に出ていた。

「犯人は実験の内容を知りたいと思ってはいない。そんなことはどうでもいいというのか？」

「そういう可能性もあるということです」川津はこたえた。「犯人が、佐野、小柱、田代のうちの誰かだとしたら――」

「だとしたら、その目的は何だ。何のために中平先生を殺し、子供をさらった？」

「それはわかりません」

「無責任だな。根拠なしの、単なる憶測じゃないか」

「そうだとしても、可能性がないわけじゃありません」

「もし、もしそうなら、事件の様相が根底からくつがえってくる」伊南村の日焼けした額に深い皺が寄った。川津には、伊南村の考えがよくわかった。このことを捜査本部に報告すべきかどうか迷っているのだ。

犯人が誰であれ、あの要求は本心からのものであるというのが、捜査本部の大前提のはずだ。これが崩れれば、捜査方針を大幅に修正せざるをえなくなる。しかしこれは、参考人である川津一人の推理にすぎないのだ。当たっていればよいが、もしはずれれば、捜査本部に無用な提言をした伊南村の責任ということになる。報告するかしないか、伊南村にとっては——。

その時伊南村がおい、と言って、川津をすごい目でにらみつけたのだ。「あんたさっき、自分たち五人も容疑者の範囲内だと言ったな」

「ええ、ただし、今警察に拘束されている僕と、松島愛子は除くと——」

「なぜあんたたち二人を除外できる?」

「えっ?」

「警察に拘束されているからといって、容疑の圏外に出す理由にはならない。特にあんたは」

「僕のどこが怪しいというんです?」

「すべての可能性を考えろと言ったのはあんただろうが。場合によっては、あんたには参考人以上の立場になってもらう必要があるかもしれん」

24　罰

④男（65・新聞配達）
⑤女（16・超能力者？）
⑥男（42・暴力団員）
⑦女（20・キルト）
⑨男（23・痴漢？）
⑫男（25・視覚障害）
⑬女（20・男遍歴）
⑭男（62・シェルター）

「さて、この八人を四人にするわけだが――。さっきと同じ方法でいいかな。川津、松島さん、君たちは二枚取って。僕は責任上、小柱さんのも含めて四枚取ろう」

佐野は、4、5、6、7、9、12、13、14　と書かれた八枚のカードをシャッフルし、伏せてテーブルに並べた。

川津はカードを取ろうとして、ふと手を止めた。

「どうした」佐野がたずねた。

「君の姿をどこかで見たことがあるような気がすると、ずっと思っていた。いま思い出したんだ」川津は言った。

「去年の学祭で、君は奇術研究会のブースにいた。他人にひかせたカードの番号を言い当てるマジックだ。一度のはずれもなかった。

僕も一時手品に興味を持っていたから、手品の基本は知っている。帽子から鳩を出すことができるのは、最初からそこに鳩が入っているからだ。相手のカードの番号を言い当てることができるのは、相手がカードを引く前から、それがわかっているからだ。君は自分の望むカードを、他人に引かせることができるんだ」

その言葉に、松島だけでなく、離れた場所の小柱、田代もはっとした表情になった。

「今、僕がそうしているというのか。自分の望む番号を、君たち二人に引かせようとしていると?」佐野は微笑しながら、一度テーブルに並べたカードを手元に集め、川津に手渡した。「じゃ、君が配るといい」

「ああ、そうさせてもらうよ」川津はカードをシャッフルすると、伏せたまま、自分をふくめた三人の前に配った。

川津が二枚、松島が二枚取った。残りの四枚に手をつけないまま、佐野は言った。

「川津君5、9。松島さんは13、14だ」

川津は、やはりそうかと思いながらカードを裏返した。

佐野の言ったとおり、川津の手元には5、9、松島の手元には13、14があった。

「なるほど」川津はため息をついた。「真のマジシャンなら、カードを操作するのが自分の手だろうと他人の手だろうと、同じというわけだ」

「ちょっと」小柱が血相を変えて、佐野に詰め寄った。「さっきの――さっきのあたしの時もそうだったの！」

「ああ」佐野は残り四枚のカードを手元に引き寄せながら、事もなげに言った。「全員に僕の引かせたいカードを引かせた。もちろん君にもね」

「なぜ!?」

「君を――小柱恵をこの実験から降ろすためだ。

君の母親のカードは松島に渡った。松島は迷ったあげく、それを候補からはずす。松島ならきっとそうする。それを見た小柱は怒って、ああだこうだと自説を展開するが、すでに感情的になっているため、みんなの賛同は得られない。逆に反省を求められる始末だ。自尊心を傷つけられた小柱は実験から離脱する――」

「すべてあなたの企み通りだったたっていうの。あたしをコントロールしたって言いたいの!?」

「人間の心理をコントロールするには、一枚のカードがあれば十分だ。自分は他人をコントロールする側であって、自分が他人にコントロールされることなどありえないと確信している君のようなタイプに対しては、特にそうだ」

「!」カッとなって佐野につかみかかろうとする小柱の肩に、田代譲がやんわりと手を置いた。そのまま佐野にたずねた。

「なぜ小柱さんを実験から降ろしたいと思ったんだ?」

「この実験の主導権を握りたかったからだ。そのためには彼女が目障りだったんだ」

「陰謀だわ」小柱は中平の方へ歩み寄り、訴えた。「先生、この実験を中止してください」

「なぜ?」中平は聞き返した。

「なぜって」小柱は一瞬口ごもってから、早口に言った。「佐野はあたしたちをハメたんです。不正をおこなったんですよ」

「不正と言えるほどのものじゃない。君がテーブルを離れたのは、あくまで君自身の意志によるものだ。相手を感情的にさせて墓穴を掘らせるのは、ディベートの基本戦術だ。佐野君はその手段としてマジックを利用したにすぎない。それにまんまとひっかかった君の方が悪い」

「あたしを実験に復帰させてください！」小柱は、顔を真っ赤にして言った。

「だめだ。言ったはずだ。一度離脱した者の復帰はみとめない」

小柱は何か言おうとしたが、何を言っても無駄だとわかったらしく、わずかに残った自制心を使って、みんなからいちばん離れた部屋の隅へ行って、椅子にすわりこみ、両手で頭をかかえこみ、髪をかきむしった。

とつぜん顔をあげ、ものすごい目付きで佐野をにらみつけた。「見てなさい。あなたはいつか罰を受けるから」

「罰か」佐野はうすく笑った。「受けてみたいもんだ。できることなら」

「罰と言えるかどうかわかりませんが」川津はいま思い出しても、というように首を振りながら伊南村に言った。

「みんな驚きましたよ。この四年後に、佐野と小柱が結婚したと聞いた時は」

25　結婚式

「そうなんだよな」伊南村はメモを見ながらうなずいた。「佐野昇一郎の今の名前は小柱昇一郎。十六年前、小柱恵と結婚している。それも小柱家に婿入りという形でだ。今までの話を聞いてると、とうていありえそうもない話だが」

「でしょ？」川津は言った。

「でしょって何が？」

「最初にこのことだけを聞いたら、ああ、学生のとき知り合いだった二人が結婚したのかくらいにしか思わなかったでしょう。でも今刑事さんは思っていますよね。この二人が結婚するなんて絶対にありえない、それなのになぜ結婚したのか――と。だから必要なんです。結果まで一足飛びせず、途中経過を聞くことが」

「………」

「僕もとまどいました。二人の結婚式の招待状をうけとったときは」

「結婚式――」

「はい」

「あんた出たのか？」

「ちょっとした見物でしたよ。教会でやったんですが、新婦の小柱が終始にこにこしていたのに対して、新郎の佐野は顔が真っ白だったんです」

「真っ白？」

「顔色が悪いのを化粧で隠していたんです。その上に黒いサングラスまでかけていて。結婚式にサングラスというのもどうかと思いますが、問題はここからでした。神父が新郎に『あなたは伴侶に対して永遠の愛を誓いますか？』と問いかけたのに対して、佐野は答えようとしなかったんです。神父さんが二度、三度と問いなおしても」

「かなり変った結婚式だな」伊南村は、その光景を思いうかべようとするように天井を見た。

「教会の中はざわざわしはじめました。僕は気が気じゃありませんでした。こういうことになったら、真っ先に爆発するのは小柱恵に決まっているからです。ところが小柱は意外にも、じつに落ち着き払っていました。微笑をうかべたまま、神父になにか囁（ささや）いたんです。神父はうなずいて言いました。『沈黙をもって、誓いとみなします』

その瞬間僕は、佐野の全身が軽く震えたのを見たように思いました」

「どういうことなのかね」伊南村はたずねた。「さっきあんたが言ったように、佐野は誰と結婚するとしても、小柱恵とだけは結婚するはずがないように見えるのに」

「佐野自身も、この結婚に乗り気じゃなかったようです」

「えっ？」

「佐野の実家は資産家でしたが、事業の失敗で借金だらけになりました。どうにもならなくなり、小柱家から借金したんだそうです。聞いた話ですが、小柱家は金を貸すかわりに、二人が結婚することを条件として出したそうです。恵の意向が強く働いていたことは間違いありません」

「二人は結婚後どうなったんだ？」

「小柱は妊娠し、それを機にテレビ局をやめ、専業主婦になりました。ただ、赤ん坊は気の毒なことに死産だったそうで……。その後のことは知りません」

「みょうだな」伊南村は首をひねった。「小柱は佐野を嫌っていたんだろ？」

「世の中のどの男よりも嫌っていたでしょうね。そして佐野のほうは、世の中の誰よりも小柱恵を軽蔑していたはずです」

「その二人がなぜ結婚したんだ?」

「結婚とは、愛しあった者同士がするものとは限りません。憎みあい、嫌いあう二人が結婚するケースは、意外に多いと思います。刑事さんは、そういうのを見たことはありませんか?」

それはまあ、と伊南村は言いかけ、咳払いをした。「世の中は広いからな……」

「二人の間でしかわからない何かがあったんでしょう。僕らには想像もつかないような何かが」川津はうなずいた。「佐野はいつか罰をうけることになると小柱は言いましたが、小柱は佐野に罰を与えるために、彼と結婚したのかもしれません。もしそうだとすれば、罰としては最大限の効果があったということになりますが」

「わからんことだらけだな」伊南村はつぶやいた。「小柱夫婦の捜索を増員するよう進言してみるか。この二人が行動を共にしているにしろ、そうでないにしろ、いま、どこで何をしてるのか、急に気になってきた……」

「あの、言い忘れたんですが」川津が言うと、

「何を!?」伊南村はすごい形相で身を乗り出してきた。

「たいしたことじゃありません」川津はあわてて言った。「八人を選んだ時点で、休憩をとったんです。残り時間は八十分ほどですが、一息いれたほうがいいだろうと中

平先生が言ったので」

「休憩時間中、誰とどんな話をした？」

「休憩の間くらいはテーブルから離れていたかったので、田代と話しました」

「商社内定の田代譲か？」

「そうです。競馬の話をしました」

「競馬？」

「僕は競馬が好きで、土日はよくＷＩＮＳに行くんですが、田代はそれ以上で、府中、大井、中山すべての常連で——ああ、すみません」川津は頭をかいた。「学生は競馬をやっちゃいけないんでしたね」

「まあ、いいから続けて」

「田代は秀才ですが、競馬のことになるとわれを忘れるんだと言ってました。大穴を狙っては大損をして、その穴埋めのために、オークションで論文を売ってるんだと苦笑いしていました。

論文というのは、卒論のことです。僕はその時になっても卒論が手付かずでジタバタしてたんですが、田代はもうとっくに下書きを終えていて、そればかりか、捨てた原案のいくつかを〈24時〉という有名なオークションサイトにだして稼いでいたんです。田代に言わせると、〈24時〉は高校の時から利用していて、落札時刻が午前零時に固定されていることを除けば、使い勝手がいいと言っていました。論文とは売るものので、買うやつはバカだとも言いました。まったく田代のような要領のいいやつから見たら、僕なんかバカにしか見えなかったでしょうね。

休憩時間が終わってテーブルに戻ると、佐野が身振り手振りをまじえながら話していました。今思い出してみて、あの時の佐野は実にバイタリティにあふれていましたね。あれからわずか四年後にあんなふうになるなんて、想像もできませんでした。いまの佐野は、いったいどんな姿に——」

「そのとき佐野は何を話していたんだ？」

「自称超能力者を選んだ理由についてです。佐野の言い分はこうでした。かりに世界が滅亡したとしても、彼女一人が生き残っていれば『法』が——」

テーブルの電話が鳴った。伊南村は受話器を取った。

「なにっ！」伊南村の顔色が変わるのを川津は見た。伊南村はすぐ電話を切った。

「小柱恵が、都内のホテルで見つかった」

「小柱が。本当ですか！」

「病院へ搬送中だが、意識不明の重態だ。覚醒剤を注射したらしい」

イメージ6　⑩女（現67・中学教師）が犯人とすれば

中平に詰め寄っている。

「最近になって娘から聞いたんです。二十年前、先生の実験台にされていたことを。しかも私は落とされたそうですね。私は今まで大勢の子供たちを選別してきましたが、自分が選別されたのは初めてです。何のための選別だったんですか。最終的に選ばれた人はどんな人で、その人はどうなったんですか。私には知る権利があると思います」

「覚醒剤!?」川津は叫んだ。

「ベッドの枕元に、使用ずみのアンプルと注射器があった。二人分だ」伊南村は言った。

「昨夜、夫の佐野昇一郎と二人でホテルにチェックインしたことがわかっている。クレジットカードを使ってくれていたら早い段階で所在をつかめたんだが、現金払いだった。二人とも偽名を使っていた。佐野は朝になってフロントに連泊を告げたあと、誰も部屋に入るなと言って、一人で外出した。それきり行方不明だ。これは時間的に、中平先生が殺される前だ。

ホテルの職員は言われた通り部屋には立ち入らなかったが、今から一時間前、室内で小柱が暴れている声を聞き、マスターキーで中に踏みこんだんだ」

「小柱恵が覚醒剤を……」川津は呆然とつぶやいた。

夫婦で覚醒剤をやっていたのだろうか。佐野は行方不明……。中平が殺された時どこにいたのか。川津の頭の中に、ある強烈なイメージがわいた。

川津は伊南村の顔を見た。伊南村も、自分と同じ考えらしいことがわかった。

中平と口論している佐野。覚醒剤の効果で興奮し、瞳孔がひろがっている。

佐野は中平を激しく問い詰めるが、言っていることは支離滅裂だ。

中平は佐野をなだめようとするが、佐野はいきなり中平を殴りつける。何度も何度も。生死を確かめることもしないまま、隣室にいた郁雄をさらって逃げる――。

佐野は、中平を恨んでいたのだろうか。殺したいほどに？　そのわけは？

佐野は小柱恵と結婚した。あの実験に参加した四年後に。

小柱は、佐野がいつか罰を受けるだろうと言った。あの結婚が佐野にとって苦痛でしかなかったことは間違いない。

現実から逃げるために覚醒剤を使用したのだろうか。小柱の実家は資産家だから、クスリ代には不自由しないだろう。

中毒になってしまったら、もう論理立ててものを考えることはできない。佐野は中平に恨みを抱く。理由などどうでもいい。恨むために恨む。そして一度恨みはじめたら、それが殺意にまでふくれあがるのをどうすることもできない――。

もちろんあくまで想像にすぎない。しかし覚醒剤の現物が発見されている以上、これが実態だった可能性はある。最も考えたくない可能性だが。

佐野が覚醒剤中毒であるとしたら、動機も理由も目的も問題ではない。ただ殺し、ただ誘拐し、その場で思いついた要求を出す。すべていきあたりばったりだ。それはすなわち、川津たちがこうして推理をめぐらせるのも無意味ということにつながる。

今までは、少なくともある程度の論理性を持った犯人が、現実的な理由と目的のもとに、この犯行に及んだのだと思っていた。そうではなく、一人のジャンキーが狂った頭で狂った行動をとっていたにすぎないということになれば――。

あれから二十年。四十二歳の佐野。この二十年の間に、何があったのだろう？

「佐野はいつからシャブをやってたんだ」伊南村は川津を問い詰めた。「学生のころからか。あんたから見て、それらしいようすはなかったか？」

「二十年前のあの時ですか？」川津はとまどった表情になった。「確かに言うことはかなり変わってましたが、薬をやっていたのかどうかまでは……。いや、そういえば……」

「何か思い当たることでもあるのか？」急に考え込む表情になった川津を見て伊南村はたずねた。

「佐野は口癖のように言ってたんです」川津は答えた。「自分は奇跡を見たいと」

26　天使

「罰か。受けてみたいもんだ。できることなら」佐野は言った。

「さて、この八人の中から、ぼつぼつ落としてやらなきゃならないわけだが」

④男（65・新聞配達）
⑤女（16・超能力者？）
⑥男（42・暴力団員）
⑦女（20・キルト）
⑨男（23・痴漢？）
⑫男（25・視覚障害）
⑬女（20・男遍歴）
⑭男（62・シェルター）

「君は⑦を落とすつもりなのか。先生のひいきだからという、それだけの理由で？」

川津は中平の方をちらっと見てから、佐野にたずねた。

「その通りだ」佐野は答えた。「だがそれは、いつでもできる。その前に、おれ自身のひいきを明かしておきたいと思う」

「君のひいき？」

「小柱のひいきも、先生のひいきもわかったことだしな。おれのひいきは、地球最後の日のあと、ぜひ生き残ってほしい一人――⑤だ」

「自称超能力者か。どう見てもインチキだと思うがね」

「しかし、本物である可能性はゼロじゃない」

「だとしても、それはそういう時に必要な能力といえるだろうか」川津は首をかしげた。

「必要な能力とは何かね？」佐野が逆にたずねた。

「それは、世の中がメチャクチャになってるわけだから、医療とか建設とか――」

「そういったものが動き出すのは、ある程度秩序が回復してからのことだ。おれの言ってるのは、それ以前――法が失われた世界のことだ」

「法が失われた世界？」

「地球最後の日といっても、地球上のあちこちで、何人かは生き残るだろう。だがそれまで社会をささえてきたインフラはすべて消滅している。パソコンもインターネットもウォシュレットも存在しない世界だ。人々は単なるポリカーボネート樹脂の塊と化したスマホを握りしめて途方にくれることだろう。もちろん法律なんてものはとっくに消えている。

法律とは何か？　人間同士がたがいに信じあうことができなくても生きていけるようにするための、ひとつの道標だ。それがなくなったらどうなる？　六車線の交差点の信号がいきなり故障したら、どうやってクラッシュから逃れる？　判断人はいやおうなしに迫られるんだ。目の前の他人が信用できるかできないか、判断することを。法律のない世界で最も必要な能力はそれだ」

「なるほど」川津はなんとなくうなずいた。「信号がいきなり故障しても、F1レーサーならクラッシュを避けられる。超能力者は、変動後の世界のチャンピオンというわけか」

「もちろん、それは一時のことだろう。人々が平常心をとり戻し、法と秩序が回復すれば、彼女の神通力も失われる。だが少なくともそれまでのわずかな間、彼女は世界の王になるんだ」

「狂った幻想だ」田代が顔をしかめて言った。「君はマリファナでもやってるんじゃないのか？」

「幻想にひたって何が悪い？」佐野はせせら笑った。「この世の中のつまらなさを忘れるためには、幻想くらいしかないじゃないか。生きるなんてことは、結局死ぬまでのヒマつぶしにすぎない。なら、少しでも楽しいヒマつぶしを求めるのは当然のことじゃないか」

「そんなこと言ったら、それこそ罰が当たるわ」松島が言った。「世の中には、生まれながらに貧しい人、体の不自由な人、不幸な人がたくさんいるのよ。それにくらべたら――」

「おれは何と恵まれてるんだろう！　神様に感謝しなけりゃいけない、おお神様ありがとう――ってか？」佐野は挑発的に笑った。「とんでもない。おれは自分が恵まれてるなんて一度も思ったことはない。望むものが手に入ったことなど一度もないんだからな」

「何なんだ、君の望むものって？」川津はたずねた。「富か、名声か？」

「そんなもの欲しくもない」佐野は答えた。「おれの望みはただひとつ。死ぬまでに一度でいいから、この目で奇跡を見ることだ」

「奇跡？」

「そうだ」

「水の上を歩くとか、水をワインに変えるとか、ああいうやつか？」

「何でもいい。空中浮揚でも、五百円玉のコップすり抜けでも、スプーン曲げでも、それがノートリックでありさえすれば。おれはマジックが趣味だが、マジックを奇跡と称するやつらには我慢がならない。本物の奇跡、本物の超能力と謳いつつ、実は陳腐なトリックにすぎない、そういうものを今まで何度見せられてきたことか。ああいう詐欺師どもは、それこそまとめて淘汰してやりたいと思うよ。マジックでもトリックでもない、掛け値なしの奇跡を見ることが、おれの一生のテーマなんだ。テーブルの上のコインがノートリックで、たとえ五ミリでも動くのを見たら、その瞬間、おれは射精すると思う」

　小柱と松島が顔をしかめるのにかまわず、佐野は続けた。「おれは物事すべてを斜めから見る癖があるが、この点に関してだけは真剣だ。奇跡を求める気持ちの純粋さにかけては誰にも負けないつもりだ」

「寺山修司も、ボクシングを見る時は敬虔な気持ちになると言ってたそうだが、君にもそういう一面があることを知って、すこし安心したよ」川津は言った。「それで、⑤をひいきにするわけか」

「そう。自分好みの女は生き残らせてやりたいからな」

「えっ、ひょっとして」川津は身を乗りだした。「⑤を個人的に知っているのか？」

「⑤本人は知らない。ただ、彼女の同類は知っている」

「同類？」

「自分のことを天使と思いこんでいる女だ」

みんな言うのよ。あたしは天使が間違ってこの地上に降りてきた、その化身なんじゃないかって。あたしは別にそんなこと思ってないけど、でも言われてみればそうかもしれないわよね。あたしが道を歩いてると赤信号がすぐ青になるし。ねえ、このパフェおかわりしてもいい？

「彼女と知り合ったのは半年ほど前だがね、写真を見せてやれないのが残念だよ」佐野は笑って言った。「まったくもってどこにでもいる、ただの甘党のデブ娘だ」

「まさか、本当に彼女が天使だと信じてるわけじゃないだろ？」川津はたずねたが、

「九十九パーセントは信じていない。残り一パーセントというところだな」佐野は平然と言った。「信じたいんだよ。人間以上の存在が、この世のどこかにいると」

「それで、自称天使の彼女とつきあったのか」川津はたずねた。「彼女が天使かもしれないという、わずかな可能性を信じて」

「信じるだけじゃつまらん。確証をつかまんことにはな」

「確証？」

「おれは確かめたかった。彼女が本物の天使なのか、そうでないのか」

「そんなことを確かめる方法なんてあるのか？」

「あるさ。犯してみればいい」

イメージ7　⑮女（現70・ゴミ屋敷）が犯人とすれば

中平に詰め寄っている。

「ゴミゴミと言いますけど、みんな私の大切な財産なんです。勝手にさわられちゃ困るんです。先生だって、知らない人が自分の家のものを勝手に持ち出したら怒るでしょう？　二十年前、私は先生の実験台にされました。勝手に『さわられた』んです。最初に先生と会ったとき、先生はそんなこと一言も言いませんでしたよね。落とす落とさないより、このことが私にはいちばん許せないんです」

（怒る気持ちは気持ちとして、年齢的に犯行に及ぶのは困難と思われる）

「その女が天使かどうか確かめるための方法として、犯すというのは、なかなか気がきいているとは思わないか？」佐野は平然と言った。

「何だって？」川津は聞き返した。

「反乱に失敗して牢にとじこめられたジャンヌ・ダルクは、何人もの看守たちによって、くりかえし犯された。これは教会の指示によるものだったと言われている。聖職者たちは期待していたんだ。もしかしたらジャンヌは、本人の言うように、神の声を聞くことのできる天使なのかもしれないと。もしそうなら、これ以上ありえようのない苦痛と恐怖の中で、ジャンヌはきっと天使としての正体をあらわすに違いないと。

おれはいつも想像するんだ。いままさにジャンヌが犯されていると知っている時の聖職者たちの気持ちを。かれらはジャンヌを犯している看守たちと同化して、自分たちもまたジャンヌを犯していたんだ。

おれは聖職者を侮辱してるわけじゃない。事実を言ってるだけだ。中世の聖職者たちがいかに暴力的で残忍な人種だったかということは、資料を読むだけでわかる。かれらは異教徒、背教者に対しては、まったく躊躇することなく暴力をくわえることができる。必要に応じていくらでも殺し、犯し、拷問することができる。それが神に仕える道だということに一点の疑いも抱かない。

いや、自分と神との一対一の関係など、もはやかれらの念頭にはない。かれらの主人は神ではなく教会だ。教会のためなら簡単に人間性を捨て、残虐行為に走ることができるんだ。別にむずかしいことじゃない。誰にでも理解できることだ。おれでさえ理解したんだから。おれは犯したんだよ、ジャンヌ・ダルクを。天使と自称する女を犯すことで。時間と空間をこえて――」

「やめて！」小柱恵が顔色をかえて叫んだ。

「しかし結局、誰もが知っているように、ジャンヌはただの人間の女でしかなかった」佐野は、つくづく残念そうな表情で言った。

「何度凌辱を受けても、そしてついに火刑に処せられる段になっても、彼女は天使の姿をあらわすことはなかったし、神が彼女を助けに現れることもなかった。おれが犯した自称天使も同様だった。結局はただの人間の女でしかなかった。

おれは心の底からがっかりした。行為の間こそ昂揚していたが、終わってしまうと、失望と後悔しか残らなかった」

「狂ってる」田代がつぶやくのが聞こえた。

その点は川津も同感だった。一時は佐野が（かなり屈折した人格の持ち主であるとはいえ）かなりの知恵者であるように思えたのだが、あれは錯覚にすぎなかったのだろう。いま目の前にいる佐野は、単なる嗜虐趣味の持ち主でしかなかった。まさに、佐野に対する「失望と後悔」でやりきれない思いだった。

そしてこの瞬間、川津の心に疑惑がわいたのだ。

中平の目的は、これではなかったのか。実験を通して参加者たちの本音を引き出し、ふだん決して表には見せない、心の奥底のどろどろしたものをあらわにすることが、中平の真の意図なのかもしれない。

27　電話

「ひどい男だな」伊南村は顔をしかめて言った。

「まだ驚くのは早いです」川津は言った。

「なに？　これ以上ひどいことがあるというのか？」

「佐野は人を殺そうとしてたんです」

「なに？」

「正確には、人が死のうとしているのを見殺しにしようとしてたんです」

そこで川津は、ふと考え深げな表情になった。

「ふしぎなことです。いまこの瞬間、この現実の中で人の命が危険にさらされている。そしていま思い出そうとしている二十年前の過去の中でも、同じことが起ころうとしている――」

それは、と伊南村が言いかけたとき、テーブルの電話が鳴った。ここへ来てよく鳴るようになったなと川津は思った。なんだかんだ言って、捜査が進展しているのだろうか。

伊南村は誰かと話しているが、川津にはその声は聞こえない。一度だけ伊南村は「何ですって！」と大声をあげた。

伊南村は受話器を置いた。その顔が、ついさっきとは一変しているのを見て川津は驚いた。伊南村の顔には深い困惑の色があった。何事かぶつぶつつぶやきながらぼんやりとすわったきり、しばらく川津の顔を見ようともしない。

「どうしたんです」川津はたずねた。「何か進展でもあったんですか。犯人の居場所がわかったんですか。それとも佐野が見つかったんですか？」

「佐野？」伊南村は、ひどく意外なことを聞かれたという顔で川津を見たが、すぐ首をふった。「いや違う。そうじゃない」

「じゃ何なんです？」

「あんたには関係のないことだ。今のところは」

28　デートの約束

「犯してみてわかった。彼女は天使じゃなかった」佐野は残念そうに言った。「理屈じゃなく、感覚としてわかった。からだに聞いてみるとはこういうことなんだなと、みょうに納得した。ところがここで、新たな問題が出てきてね」

さあどんな問題だと思う、というように佐野はみんなの顔を見回した。しかし誰も何も言わないので、仕方なく川津がたずねた。「どんな問題があったというんだ？」

「彼女、おれに惚れてしまったらしいんだ。おれのほうは、もうとっくに彼女に興味をなくしているというのに。どうも彼女としては、おれを選んだつもりでいるらしいんだな。おれとしちゃ、あんな女に選ばれたところで嬉しくも何ともないんだが。やたらつきまとわれて困ってるんだ。おれが興味をもっていたのは彼女のいわば本質部分であって、彼女の肉体じゃなかったんだということを、何度説明してもわかってくれなくてねえ」

みんな、佐野のあまりの非人間ぶりに、声もなかった。

「それは、本当の話なのか？」川津はたずねた。

「というと？」

「あまりにひどい話で、ちょっと信じる気になれないんだが」

「この話が嘘だというのか。そうだったらいいなと、いちばん強く願っているのは、ほかならぬおれだよ」佐野はため息まじりに言った。

「じつは今日、彼女とデートの約束をしてね。約束といっても、彼女のほうから一方的におしつけてきたんだが。

××駅のホームで待っている。四時までにおれがそこに行かなければ、線路にとびこんで自殺するそうだ」

イメージ8　⑯男（現43・アスリート）が犯人とすれば

中平に詰め寄っている。

「自分でもふしぎなんですよ。勝手に実験台にされて、落とされたことが、なぜこんなに腹が立つのか。しかも二十年も前のことなのに。確かに僕は選手としては二流でした。怠る一流は鍛える二流に勝てないなんて言いますけど、あれは嘘です。二流はいくら鍛えたところで一流には勝てないんです。だからって、この二十年でこんなにブクブク太った言い訳にはなりませんけどね。ええ、今じゃ全然走っていません。見込みも何もないのに、馬鹿みたいに毎日走っていたあの頃がなつかしいですよ」

「ええっ!?」川津は思わず腕時計を見た。「もう四時五分前じゃないか」

「彼女、自殺願望が強くてね。何度もリストカットをしている。今頃はもう、とびこんだあとかもしれないな。もちろんそうなったとしても、僕には法的責任はないが」

みんな、あきれかえったという表情で佐野の顔を見ている。中平だけは、苦笑しながら首を振っている。

それを目の隅で見ながら川津はたずねた。「なぜデートに行ってやらなかったんだ?」

「この実験のほうが大事だからさ。当然だろ」

川津は動揺した。佐野の言ったことが本当か嘘かわからない。しかし、もし本当だとしたら――。

いまこの瞬間、どこかで一人の人間が自殺しようとしているというのか?

「君は、よく平気でいられるな。彼女に電話してやれよ」

「電話して何と言うんだ？」

「決まってるだろ。馬鹿なことはよせと――」

「そんなこと言うの面倒くさいな。第一、おれたちの携帯はすべて、中平先生が預かっているんだし」

川津は中平にむかって言った。「先生、佐野の携帯を一時返してあげてください」

中平はうなずき、佐野の携帯をさしだした。川津はそれを受け取り、佐野におしつけた。しかし佐野は通話ボタンを押そうとはしなかった。

「何をしてるんだ。早く」川津はせかした。

「なぜ君の命令に従わなきゃならない？」佐野は聞き返した。

「人が死のうとしてるんだぞ！」

「だから何だ。君には関係ないだろ」

「佐野！」

「ああうるさいな。顔に唾が飛ぶだろ」

「おい佐野」田代がこちらに歩み寄ってきた。「みんな、彼女のことが心配なんだ。電話してやれ」

松島も言った。「佐野さんお願い、電話してあげて」

佐野は小柱のほうを見て言った。「小柱さん、君はどうだい？」

「なんであたしが――」小柱は言った。

「全員一致なら、電話してやってもいいがね」

「小柱さん、人の命がかかってるかもしれないんだ」川津は必死に言った。

「わかったわよ。電話しなさいよ」小柱は吐き捨てるようにそう言い、横をむいてぶつぶつ言った。「なんでいちいち、こいつの……」

「これでいいだろ」川津は言った。「もう四時を過ぎた。早く！」

「いや、まだだ」佐野は松島愛子のほうに顔を向けて言った。

「松島さん、君に注文がある」

「わたしに注文？」

「この八人の中から一人落としてくれ。そうしたら電話しよう」

29 指導

「女の命を助けるかわりに、八人の中から一人落とせ——これが、佐野が松島愛子に対して出した条件だったのか」伊南村はたずねた。

「そうです」川津はこたえた。

「ふーん」伊南村は川津と目をあわせず、軽くうなずいた。

今までの伊南村であれば、どういうことなんだ、と強い口調で聞き返してくるところだが、そんなことはまったくなかった。佐野の非常識ぶりにあきれているというより、もはや慣れてしまい、興味がなくなったのだろうか。いやそうではないと川津は思った。

何かほかに非常に気になることがあるため、心ここにあらずという風になってしまっているのだ。何がそんなに気になるんだろうと川津は思った。

また電話が鳴った。その音を聞いた瞬間、伊南村の表情がこわばるのを川津は見た。

この電話が何を意味するのか、すでにわかっているのだろうかと川津は思った。

受話器をとった伊南村は何も言わず、ただ聞いているだけだった。すぐに受話器を戻し、長いため息をつきながらテーブルに右の肘をつき、右手で口元を覆うようにした。川津の前で初めて見せる仕草だった。ひどく疲れているように見える。

これまでの伊南村からは常に、問いかけ、怒り、挑発など、川津にむけて放射される強い意志を感じとることができた。今の伊南村からは、そうしたものがまったく感じられない。さっきまでの伊南村が勢いよく水を噴射するホースだとすれば、今の彼は、力なくぽとぽとと水滴を垂らすだけのホースだ。

伊南村は手で口元を覆ったまま、川津と目をあわせることもなく、ぼそりと言った。

「あんた、もう何も話さなくていいよ」

イメージ9　①男（現43・ひきこもり）が犯人とすれば

中平に詰め寄っている。

「NPOの人たちからいろいろしてもらいまして、最近やっと外に出て働けるようになったんです。父も母もからだが弱くて、いつまでもつかわかりませんしね。ところで先生は、というか先生の生徒たちは、なぜ僕を落としたんですか。ひきこもりなんか世間のお荷物だ、無駄な存在だ、そういう理由で落としたんですか。

ひきこもりというものを、みんな誤解してますよ。少なくとも僕はこの二十年、戦ってきたんです。誰にもわかってもらえないでしょうけどね。わからないだけならいいですよ。わからないまま、人を選別にかけて落とすなんて、どういうことなんですか。本人に一言の了解もなく！」


川津には言われたことの意味がわからなかった。「何ですって？」

「疲れただろ。もう話さなくていい」

「話はまだ途中なんですよ」

「必要がなくなったんだ」

「何を言ってるんです。犯人の指定してきた時間まであと一時間と少ししかないんですよ。早く実験の内容を文書にまとめてアップしないと、人質の命が――」

「事情が変わったんだ！」伊南村は川津をにらんだが、眼に力はない。

「事情が――あっ、そういうことですか」川津の頭にひらめいたものがあった。

「犯人は石井じゃなく佐野だということになったんですね。佐野はシャブで正気を失っている。実験の内容を教えてやっても意味がない。だから――」

「そういうことじゃない」伊南村は、何もわかってないんだこいつはと言いたげに、のろのろと首を振った。

「じゃ何なんです？」

「指導が出たんだ。警察庁から」

「警察庁から指導？」

警視庁は東京の警察で、警察庁は日本の警察だ。警視庁は警察庁の監督下にあり、警察庁からの指導には問答無用で従わなければならない。川津の知っているのはこの程度のことだった。「どんな指導です？」

「ようすを見ろとさ」

「ようすを見る？」

「警察庁の方で対応を検討するから、その間警視庁は何もせず、静観しろと言ってきた」

「静観って——もう時間がないんですよ。なぜそんな指導をしてきたんです？」

「あの実験の内容が特定秘密情報に該当する可能性があるから——ということらしい」

「特定秘密情報？」川津は目をしばたたいた。

「あれのどこが特定秘密なんです。二十年前、心理学の講師が学生を集めて、十六人の中から一人を選ぶシミュレーションをさせた。それだけのことじゃないですか。一体どこが――」

「そんなことは知らん。お役所が機密だと言えば機密なんだ。われわれとしては、そうですかと言うことしかできない」

「どんな事情があるのか知りませんが、人命を救うことが優先でしょう。九歳の子供がつかまってるんですよ。要求にこたえてやらなければ、犯人は何をするか――」

「要求にこたえれば、さらにまずいことになるかもしれない」

「えっ？」

「犯人自身の狙いがどこにあるのかはわからん。自分一人が実験内容を知ればいいのか、それともあれを世間の目に広くさらそうとしているのか。そのどちらであるにせよ、実験の情報がｗｅｂに流れ、不特定多数の目にふれることになったら大変なことになる」

「大変って、どう大変なんです？」

「わからん。警察庁がそう言ってるんだ」

「あの実験のことが世間に知られたら、どうしてまずいんです？　単なるシミュレーションじゃないですか。たしかに非常識な実験ではあったかもしれませんが、別に法にふれることをしたわけでもないのに」

「犯人は実験の内容を知るために人を殺し、誘拐までした。そうまでして知りたがるからには、それだけの価値があるということになる」

「価値――」

「そう、価値だ」伊南村はうなずいた。

「いまや、犯人が誰かなんてことは問題じゃない。犯人の目的だけが問題なんだ。純粋に金が目的だったのだとしたら？　犯人は、あの実験記録が高値で売れると思ったのかもしれない」

「あの実験が高値で売れる？」

「買い主はさらに別の買い主に売る。転売だ。転売先がめぐりめぐって、国際的テロ組織につながっているとしたらどうする？」

「テロ組織？」

「日本政府はテロ組織の要求にこたえてはならない。テロリストとは交渉しないというのが国是だ。これはもはや単なる殺人事件でも誘拐事件でもない、政府レベルの話なんだ。

普通の誘拐事件であるなら、犯人の言いなりになって、どんな要求にでもこたえる。

しかし犯人が国際的テロリストか、その関係者である可能性が出てきた以上、そうするわけにはいかない。テロリストに利益供与をすることはできないんだ。

それでなくても最近は省庁からの情報漏洩があいついでいる。その中には日米の防衛問題に関するものもふくまれている。明日来日するアメリカ政府高官が、このことに言及する気でいるのは明らかだ。このタイミングで日本の警察がテロリストに飴をくれてやったなんてことになったら、どうなると思う？　政府高官は自分がナメられていると考え、予定を短縮して帰国してしまうだろう。そんなことになったら日本の立場はどうなる？」

「アメリカの機嫌をとるために、郁雄君を見捨てるというんですか」川津は伊南村に詰め寄った。「九歳の男の子を！」

「おれが言ってるんじゃない、警察庁がそう言ってるんだ」

「そんな馬鹿な！」

「馬鹿でも何でも、上からの命令なんだ！」

「上からの命令であれば、はいはいと従うんですか。それがどんな理不尽な、非人間的な命令であっても？　それでもあなたは警察官ですか。一人の人間としての正義感はないんですか？」

「！」伊南村は、ひどくいらいらしたような目で川津をにらみつけた。日焼けした顔に血がのぼり、炭火をおこしたように内側から赤く発光している。

川津の言っていることは、佐野の言い方を借りれば、神と悪魔が顔を見合わせてうなずいてもおかしくないほどの正論だ。ただ、正論というものは常に人をいら立たせるものだ。

伊南村の表情の中に、川津は、ふだん警察が大衆に対して決して見せることのない一面を見たように思った。

警察は大衆のために働く。それは、そうしろと上から命令されているからだ。そうするのをやめろという命令がくだれば、警官はそれに従わなければならない。組織の中で命令は絶対だ。命令とあれば、逮捕したばかりの犯人の手錠をはずし、犯人が逃走するまで横を向いていなければならない。警察とはそういうものだ。そしてこういうことは、人々の知る以上に頻繁に、当たり前のこととして警察内では起こっている――。

伊南村はなんとか自制して言った。「いずれ次の指導が来るだろう。それまでは、ただそこにすわっていろ。こういうことだ」

「伊南村さん、まるで人が変わったようですね」川津はため息まじりに言った。

「さっきまでのあなたは少なくとも、この事件を解決してやろうという意欲に満ちていました。僕への態度が急に高圧的になったとしても、それは捜査の一環なのだからと考えればがまんできます。しかし今のあなたは何ですか？　飼い主の顔色をうかがう飼い犬と同じじゃないですか。上からの命令であれば、目の前で苦しんでいる者がいても何もしない、それが警察の本当の姿なんですか？」

「…………」伊南村は目をそむけたきり何も言わない。

「僕は今まで、警察が社会の公僕である以上、警察の主人は国民だと思っていました。でも違ったんですね。警察の主人は官庁であり、政府だったんですね」

「言いたいことはそれだけか。なら――」伊南村が言いかけたとき、電話が鳴った。

伊南村は受話器を耳に当てた。えっ、と口走り、川津の顔を見た。はい、はい、と言いながらしきりに頭を下げる。今までの電話の応対とは明らかに違っていた。相手は誰なのだろう。警察のお偉方だろうか。それとも――。

まあ関係ない、と思いながら、川津は立ちあがり、そこらをぶらぶら歩き始めた。

本当に聴取はここでストップしてしまうのだろうか。

警察庁が警視庁に指導を出した。そのために恩師である中平の息子が見捨てられ、最悪の場合殺されることにでもなったら、自分としては到底おさまりがつかない。何とかできないものだろうか。しかしどうやって？

「ちょっと」伊南村が川津を呼び、受話器を差し出した。「あんたにだ」

「えっ、僕にですか？」川津は目をしばたたいた。「誰からです？」

「いいから出てくれ」

川津はよくわからないまま受話器を受け取り、耳にあてた。「もしもし」

〝ひさしぶりだな、川津〟田代譲の声だった。

30　人格

佐野は川津と松島の顔を見比べながら言った。

「松島さん、この八人の中から一人落としてくれ。そうしたら電話しよう」

「何ですって？」松島は小さな目をむいて言った。

「そんなの、あとでいいだろ」川津が横から言った。「電話がすんだら、何でも言う通りに――」

「いや、今でなきゃ駄目だ」

「一刻を争うんだぞ！」

「だから、一刻も早く落としてくれと言ってるんだ。誰でもいいから」

「誰でもいいからとは何だ。言ってることが違うじゃないか」川津は大声で抗議した。「さっきまでの君には何だかんだ言っても、真剣に選ぼうという熱意があった。君がどんな非人間的なことを言おうと、君なりの主義に根差したものと解釈すればがまんもできた。しかしいま君の言ってることは何だ、落とすために落とす、何も考えずにただ落とすなんて――」

「わかりました」松島が言った。「⑥男（42・暴力団員）を落とします」

「えっ⁉」川津は、松島のあまりの迅速さに驚き、松島の顔を見た。

松島は、いいからまかせて、というように川津を見てから佐野に言った。「落としました。これでいいでしょ」

「落とす理由は？」佐野はたずねた。

「それはどうでもいいはずです」

「おれとしちゃ、こいつは残してほしかったんだけどね。考え直してもらえないかなあ」

「松島さんは決めたんだ。文句を言うな」川津は言った。「早く電話しろ！」

「わかったよ」佐野は携帯をダイヤルし、音声をオープンスピーカーにした。

「もしもし。エリカかい？」相手の名前らしい。

女の声がこたえた。〝何よ、もうこの電車にとびこもうと思ってたのに〟

電車がホームに入線する音が聞こえた。警笛、アナウンス、雑踏。彼女がいるのは間違いなく駅のホームだ。

川津はひとまず安堵した。まだ彼女は死んではいない。

〝あなた今どこにいるの？〟

「うーん……」佐野は携帯を耳にあてたまま、みんなの顔を見回した。

川津はメモ帳に走り書きし、佐野に見せた。

〈近くまで来てる。もうすぐそこに行く〉こう言ってくれと、目で佐野に訴えた。

佐野は川津に横目で笑いかけながら、「近くまで来てるよ」

〝あと十分でここに来なければ死ぬわ。本気よ〟

川津は背筋をつめたい汗がつたうのを感じた。彼女が本気で死ぬつもりかどうかはわからない。だがそうなるかならないか、きわめてあやうい線上にいることは間違いないのだ。

周囲のみんなの顔もひきつっていた。机上のシミュレーションのさなか、一人の人間の生死という現実が、あまりにも突然に、そしてあまりにもなまなましい形であらわれたのだ。

川津は再びメモ帳に書き、佐野に見せた。〈彼女を止めろ〉

佐野は通話口をふさぎ、川津に言った。「条件がある」

「またか」川津は小声で言った。「僕にも、誰かを落とせというのか?」

「そうじゃない。この実験から離脱してもらう」

「何だって?」

「君が離脱することが、僕が彼女に自殺を思いとどまらせる条件だ」

川津は当惑し、周囲を見回した。みんなも、佐野がこんなことを言う意図がのみこめず、目を白黒させている。

受話口から声がした。〝もしもし、どうしたの。そこに誰かいるの?〟

「なぜそんな――」川津は言いかけたが、

〝答えてくれなきゃとびこむわよ〟

電車が参ります、おさがりください――のアナウンスが聞こえた。

川津は佐野の顔を凝視した。

佐野は微笑している。見る者を限りなく不安にさせる微笑だ。

いまや川津は知っている。佐野の中には常識的な人格と、その正反対の、なにやら得体のしれない人格が同居していることを。どちらが佐野の本質か、そんなことはどうでもいい。どちらが主導権をとっているのか、どちらがどちらに、どの瞬間にとってかわられるのか、それがわからない。わからないというのが、いちばんおそろしい。

「わかった」川津は言った。「離脱する。だから彼女を――」

間髪をいれず佐野は言った。「愛してるよ、エリカ」

今までとは別人のような甘い口調だが、表情は冷笑的なままだ。みんなの顔をにやにやと見回しながら、電話口に愛の言葉をささやきつづけているのだ。

相手の声は、うってかわって生気をとりもどしていた。

〝早くこっちに来てよ!〟

「わかったわかった」

相手が送話口にキスをしたらしく、チュッと音がした。佐野は通話を打ち切ると、肩をすくめた。「おもしろくも何ともない結末だが」

川津は背中が、下着とシャツまで汗で濡れているのを感じた。一人の人間が死ぬところに立ち会わずにすんだのだ。

電話の向こうの彼女にしてみたら、単に、待ち合わせに遅れた佐野が電話をかけてきただけのことであって、ここで川津たちがハラハラと気をもんでいたことなど、思いもよらないことだろう。

佐野は川津に言った。「さあ約束だ。ここから離れてもらおう」

「なぜ僕を排除したいんだ?」川津はテーブルから離れるために立ちあがりながらたずねた。佐野はこたえた。

「この実験を無化するためさ」

31　田代譲

〝こういうことになった以上、僕の口から説明しておいた方がいいと思って、電話したんだ〟田代は言った。

「君は警察庁の一員なのか?」川津は受話器に食いつかんばかりになってたずねた。「警視庁にストップをかけたのは君なのか?」

〝そこまでの権限はない。僕は内閣総務部の一部局員にすぎない。僕の仕事は、簡単にいうと、情報を選別することだ。ある情報が特定秘密情報に該当するか、あるいは該当しうるか、AからEまでランク分けするんだ。そう、二十年前のあのときと同じように、『選ぶ仕事』をしているわけだ。

中平先生の研究内容はAランクだ。僕が推薦し、全員で検討した結果、そうなったんだ。言っておくが、全国から送られてくる大量の研究情報のうち、Aがつけられるのは数万件にひとつだ。この研究のルーツは、二十年前のあの実験にある。だから――〟

「だから、あれをwebで公開することは許さないというのか!」

〝僕が言うんじゃない。局長が国家公安委員会に進言し、そこから警察庁に指示が出て、さらに警視庁に指導が出たんだ〟

川津は伊南村の顔を見た。伊南村は顔をそむけ、いまいましそうに唇を噛んでいる。伊南村としても、一警察官として、こんな形で捜査をストップさせられるという状況がおもしろいはずはないのだ。

しかし川津は、一歩引いた立場からこの状況を見て、おもしろいとは言わないまでも、皮肉なものだなと思った。

田代―伊南村―川津という階層構造がここにある。田代の所属する部局は、伊南村（を始めとする警察機構）に命令を下すことができる。伊南村はその命令にしたがって川津に拘束をかける。田代と川津は大学の同期だ。警察を間にはさんで、同期生が再会したわけだ。この世を支配する官僚の一人と、支配される市民の一人として。なかなかこういう経験はできるものではない。

これで、実験参加者六人全員の消息がはっきりしたわけだと川津は思った。

中平は殺された。自分と松島愛子は参考人として警察に拘束されている。田代は官僚となり、この国の支配層の一員となった。小柱恵は意識不明の重態。そして佐野昇一郎は――。

いや、感慨にふけってる場合じゃない。川津は小さく首を振り、電話のむこうの田代に言った。「田代。中平先生が殺されたんだぞ」

〝知っている〟

「先生の息子が誘拐されたんだ。犯人は、子供を解放する条件として、あの実験の内容を公開することを要求している」

〝知っている〟

「知ってて君は——！」

〝だから僕が決めたわけじゃない。上の決定だ〟

「しかし、あの実験のことをいちばん知ってるのは君だ。君の進言がなかったとは思えない」

〝そう、あの実験の重要性をいちばん知っているのは僕だ。あれはじつに驚くべき実験だった。二十年前には思ってもみなかったことだが〟

「あの実験のどこがそんなに重要なんだ？」

〝それを口外することは、それこそ特定秘密情報の漏洩にあたる。言えないね〟

「なあ田代、どんな事情があるか知らないが、人の命がかかってるんだぞ」

〝今回の場合、たとえ失われたとしても一人の命だ〟

「なに？」

〝これは何千人、何万人、場合によってはもっと多くの命がかかっている問題なんだ。したがって、あの実験のことを公にするわけにはいかない〟

「僕にはあの実験が――」

〝そんなだいそれたものとはとても思えない、と言いたいんだろう？　それでいいんだ。君は二十年前、僕たちと共にあの実験に参加した。それがどれほど貴重な経験だったか、あの時の君にはわからなかっただろうし、これからも永久にわからないだろう。それでいいんだ〟

「君にはわかっているのか。だったら説明してくれ」

〝さっきも言ったように、それはできない。こうして君と電話で話しているだけでも、本当はいけないことなんだ――。ところで君は警察にどこまで話した？〟

「自称天使が自殺しようとするのを、佐野を説得して中止させ、八人を七人に減らしたところまでだ」

④男（65・新聞配達）
⑤女（16・超能力者？）

⑦女（20・キルト）
⑨男（23・痴漢？）
⑫男（25・視覚障害）
⑬女（20・男遍歴）
⑭男（62・シェルター）

〝なるほど〟田代はすぐに理解したようだった。

〝そのへんでやめておいてもらおうか〟

「田代、君の仕事がどんなものか、僕には見当もつかないし、知ろうとも思わない」

川津は、自分の必死さが声にあらわれるよう祈りながら言った。

「僕は郁雄君を——先生の息子を救いたいだけなんだ。先生は殺されたが、息子はまだ生きている。救い出すチャンスがある。君だって、先生の生徒の一人だろう？　それも、僕なんかとはくらべものにならないほど優秀な生徒だったはずだ。君には先生の恩に報いたいという気持ちがないのか？」

田代はすぐには答えなかった。川津は、テーブルの向かい側にいる伊南村をちらっと見た。伊南村はじっとこちらを見ていたが、川津と目があうと、下を向いた。

〝中平先生も納得してくれるはずだよ〟

「納得？」

〝あの実験結果を真に有効に活用するためなら、一人や二人の命を犠牲にすることはやむをえない。たとえそれが、自分の子供の命であっても〟

「本気で言ってるのか？」

〝もちろん〟

「君はずいぶん変わったな」川津は嘆息した。「不幸な人、恵まれない人のためにつくすという理想はどこへ行った？」

〝二十年といえば、人が変わるには十分すぎる年月だ。特に、役人なんてものを二十年もやっていれば……〟田代はつぶやくように言った。〝四十過ぎにもなって、まともな職にもつかない、君のような者にはわからないだろうが〟

「たしかに塾の講師なんて、たいした仕事じゃないかもしれない。ただ僕だって、この二十年、何も考えなかったわけじゃない。僕なりに、あの実験の解釈をこころみていたんだ」

〝ほう。解釈をね〟

「あれはアイヒマン・テストの変型だったんじゃないだろうか」

〝アイヒマン・テスト？　条件を与えられれば、まったく普通の人間でも非人間的な行為をおこないうることを証明した、あの実験のことか？〟

「そうだ。二十年前のあれは、人が人を選ぶというのが、いかに簡単なことであるかを証明するための実験だったんじゃないだろうか。誰でも人間に順位をつけることができる。誰を生かし、誰を死なせるか、その境界線を決める。とても自分にはそんなことはできないと思うようなことが、じつは――」

受話口からみょうな音がした。それが田代の笑い声だと気づくまでに少し時間がかかった。そういえば、田代の笑い声を聞くのはこれが初めてだなと川津は思った。

「田代。何がおかしいんだ？」

〝君にしてはいい線だ。だが、そこまでなんだよな〟田代は言った。

「そこまでって何が？」

〝君たちのレベルで推理できるのは、せいぜいそこまでだということさ。あるところまでは行ける。しかしその先へは決して行けない。

あの実験の真の意味は、もっとずっと別の、上の次元にある。僕でさえ、そこに気づくまでにはかなりの時間がかかったんだ。わかるか川津、先生は、あの実験の間、ずっと隠していたんだよ。ある重要なことを〟

　それは川津にもわかっていた。二十年前のあのとき、終始違和感をおぼえ続けていた。あの違和感の正体が何だったのか、今でもわからない。

「田代。先生が隠していたこととは何だ？」

　田代は川津の質問には答えなかった。〝いいか川津、伊南村刑事から説明があったと思うが、君はもう何もする必要はない。そこでじっとしていればいい〟

「そして子供が殺されるのを待つのか？」

〝殺されると決まったわけじゃない。犯人だって子供を殺したくはないはずだ。第一の要求が拒絶されたとなれば、第二の要求を出してくるさ〟

「出してこなかったらどうする。もはやこれまでと子供を殺してしまったらどうする！」そう叫びながら、川津は、伊南村がはっとしたようにこちらを見るのを、目の隅で見た。「どうなんだ田代！」

〝…………〟

「これは実験でもシミュレーションでもない。人一人の命がかかってるんだ。君は何とも感じないのか？　機密を守ることと引き換えに、人の命を見捨てるのか。それが君たちの論理か！」

〝仕方がないだろう。〟テロリストと交渉しないというのは国是なんだから。文句があるなら政府に言ってくれ。広報部にメールでも出すんだな！〟

川津はようやく悟った。いま話している相手は、川津の知っている――知っていると思っていた――田代とは、まったく別の人間だということを。いや、もはや人間ですらないのかもしれない。

それでも川津としては何とかしなければならない。人質の命を救おうと思うなら。田代はまだわずかなりとも人間性を保持しているだろうか。それを呼び起こす方法はないだろうか？

「田代、君に子供はいるか？　君がこの立場だったとしたらどうする。君の子供がテロリストの人質になっていて、情報を公開しなければ殺すと要求してきたら――」

〝仮定の質問には答えられないね。現実にそんなことは起きていないわけだから〟

「田代！」

〝時間がない。川津、君に命令する〟

「命令？　なぜ君に命令されなきゃならない？　僕は君の部下でも何でもないのに」

〝黙って聞け。あの実験について、誰にも、何も話してはならない〟

「僕は、実験について話すためにここへ来たんだぞ」

〝これからは逆になる。警察は、君が実験について話さないよう監視する立場になる。

君には、しばらくその部屋にとどまってもらう〟

「監禁するというのか？」

〝永久に黙れとは言っていない。あと四十五分だけだ〟

「四十五分？　午前零時までということか？　それは、犯人の指定してきたタイムリミットじゃないか」川津は、とてつもなく変なことを言うやつだなと思いながら言った。「君の言う通りにしたら、犯人は子供を殺してしまう。零時より少しだけ早めにしてもらうわけにはいかないのか？」

〝だめだ。午前零時だ。これは動かせない〟

「なぜ動かせないんだ！」

〝説明する必要はない〟

「田代、君の考えがわからん。四十五分とは何なんだ。その時間にどんな意味があるんだ？」

〝説明する必要はない。命令は伝えたぞ〟

「ちょっと待て」田代が通話を切るような気配を見せたので、川津はあわてて言った。ここで切らせてはならない。何でもいいから、もう少し話をひきのばさなければ。

「田代。佐野の居場所に心当たりはないか？」

〝佐野？〟一度遠くなりかかった田代の声が、また大きくなった。耳元から離しかけた受話器を戻したのだろう。

「佐野はシャブを持ったまま逃げ続けている。この事件の犯人は佐野かもしれないんだ」

〝だからどうした。なぜ僕が佐野の居場所を知ってなきゃならないんだ？〟

「僕も松島さんも、佐野の居場所を知らないかと、警察からしつこく聞かれて困ってるんだ」そんなことはまったくないのだが、この際そんなことにかまってはいられない。伊南村が、何を言ってるんだこいつはという顔でこちらを見ている。

「実験のことは言わないから、その見返りに、佐野の居場所を教えてくれ」

〝そんなもの知らないと言ってるだろう！　第一、見返りって何だ？〟

「そう、見返り、見返りなんだ」何の気なしに口走った自分の言葉によって、やっと川津は、話のとっかかりをつかむことができた。

「人を命令に従わせる以上、何の見返りもないなんてことはないだろ？」

〝君に対する見返りか〟それはまあ考えてやるしかないか、という感じが、田代の口調にこもった。〝君に就職先を世話してやるというのはどうだ？〟

「就職先？」

〃塾の講師よりは実入りのいい仕事だ。悪い取引じゃないだろ？〃

この取引に応じるのは、子供を見捨てることを意味する。もちろん川津にはそんなつもりはなかったが、こう言ってみた。「確かにその通りだ。ただ、そのために子供が死ぬのかと思うと、多少気がとがめる」

〃気にする必要はまったくない。君には何の責任もないんだから。それにさっきも言ったが、人質が殺されると決まったわけじゃない。犯人の目的は金なんだ。金を手に入れるまでは人質に手は出さん〃

「どうしてそう断言できる？　犯人が石井秋夫だとしたら、動機は怨恨かもしれない。やけになって子供を殺す確率の方が――」

〃いいか、これが最後だ。何もするな。それが君にとっていちばんいいことだ。何もしなければ、人並みの生活が手に入る。変な考えをおこせば、何もかも失う。あのときあいつの言うことを聞いていさえすればと、一生後悔して過ごすことになるんだ。そんなことになりたくはないだろう？〃

32　くびき

「この実験を無化するためさ」佐野は言った。

「無化？」川津は聞き返した。

「おれはこの実験を、できるかぎり無意味なものにしたいと思っている。さっき小柱が、この実験は無意味なものになり果てたと言ったが――」佐野は小柱恵のほうをちらっと見た。

「おれに言わせれば、まだまだだ。この実験はもっと無意味に、もっとくだらないものにならなければならない。人には人を選ぶことなどできない。というより、選ぼうとしても、正しい者を選ぶことは決してできないんだということを、ここにいる者全員に知ってほしいんだ。中平先生、あなたも含めてです！」

佐野は中平にむかって挑戦的な笑みをうかべた。

「それが君の本音か」田代が佐野に言った。「それほど君がこの実験を無意味だと思っているなら、なぜ君自身が実験から離脱しないんだ？」

「実験から離脱したとしても、実験が無化されないまま残るのは我慢ならないからさ」佐野はそこでまた、例の皮肉な笑みをうかべた。

「もちろん、無化という行為そのものが無意味であることは、おれ自身いちばんよくわかっている。しょせんはヒマつぶしなのさ。世の中のくびきに対して少しでもあらがうための」

「くびき？」

「この世界は、どこへ行こうとしても、何をしようとしても、くびきだらけだ。ある思想をきわめようとすればネットでさんざんいやがらせを受ける。思想を実行に移そうとすれば体制に圧殺される。夏目漱石じゃないが、とかくこの世は住みにくいのさ。このくびきは、神のしかけたものとしか思えない。人間が、ある一定のレベル以上には決してのぼることができないようにするための。人間はあらかじめそう宿命づけられた存在なんだ。それだけのものでしかないんだ。存在するだけ無駄なのさ、人間なんてものは」

「そこまでわかっているなら」松島がぽつりと言った。「なぜあなたは、みずから命を断たないんです？」

「！」佐野もさすがに顔をこわばらせた。川津も、ほかのみんなも同様だった。

松島のこの一言は、それを投げかけられた佐野だけではなく、他の全員の心を突き刺したのだ。

ある種の言葉にはそういう効果がある。それを発した当人がそれと意識していると

いないとにかかわらず。

佐野はしかし、すぐに例の薄笑いを取りもどして言った。

「自殺もまた、数多くの無意味なことのひとつにすぎないからさ――。さあ川津、さっさとここから離れてくれ」

「約束した以上は仕方ない」川津は立ち上がった。

「離れる前に、一人落としていかないか？」佐野が言った。「ここを離れるにあたり、最後の一仕事をしておきたいだろ？」

川津は、もうなかば投げやりな気持ちでリストを見た。

さっき松島がおとした⑥をのぞいた七人だ。

④男（65・新聞配達）

⑤女（16・超能力者？）

⑦女（20・キルト）

⑨男（23・痴漢？）

⑫男（25・視覚障害）
⑬女（20・男遍歴）
⑭男（62・シェルター）

「⑤を落とす」川津は言った。

佐野は微笑を浮かべたまま何も言わない。

「文句があるか」川津は言った。「⑤が君のひいきだということもむろん知っている。だが誰を落とそうと、僕の自由だろう？」

「もちろんそうだ」佐野はうなずいた。

「言っておくが、おれはそのことを別段残念だとも悔しいとも思わない。むしろ心配だったのは、ここで君が⑦を落としてしまわないかということだった。なぜそうしなかったんだ？」

「よくわからない」川津は、すこし考えてから言った。「ただ、この人は落とせないと思った。ほかの六人には悪いが、いちばんまともだものな」

イメージ10　⑤女（現36・超能力者？）が犯人とすれば

中平に詰め寄っている。

「落とす落とさない以前に、選別にかけたということは、あたしの能力を疑ってたということですよね。疑われるとあたしは能力を発揮できないんです。千人のギャラリーの中に疑いの心を持ってる人が一人いるだけで、もう駄目になってしまうんです。どうも最近調子がおかしいと思っていたら、先生の実験のせいだったんですね。あたしの知らないところで、こんなひどいことがおこなわれていたなんて!」

川津は、田代、小柱と合流した。

今までは実験に参加する者が多数派だったが、いまや参加二人、不参加三人となり、逆転したことになる。

「本当を言うと、僕は最後まであそこにいたかった。佐野を何とかしたかったんだ」

川津は田代と小柱の顔を見ながら言った。

「一時は佐野の意見に賛成しかけた。だが今や、彼の人格に問題があることははっきりしている。僕は彼と対決したかった」

「佐野のほうもそれを知って、君を排除したんだろう」田代がうなずいた。

「いまや、佐野の思惑どおりだ。彼と拮抗（きっこう）する相手は松島一人になった。ここにいる僕たちは、発言することはできても、選定自体を左右する力はない。最後にあの二人が残ることになったとは、僕にとっても予想外だ」

「正直、心細いわね。松島さんにどれほどのことができるか」小柱が言った。

「そう決めつけるのは早い」すこし離れたところから中平が言った。

「彼女はなかなかの論客だよ」

33　無化

④男（65・新聞配達）
⑦女（20・キルト）
⑨男（23・痴漢？）
⑫男（25・視覚障害）
⑬女（20・男遍歴）
⑭男（62・シェルター）

「やっと六人まで減らしたとき、残り時間はわずか三十分でした」川津は言った。「ここからがまさに大車輪で、ていうか、この時点で僕は傍観者にすぎなかったわけですが――」

「そんな話はよせ」伊南村は顔をしかめ、川津の話をさえぎった。「何もするなと命令されたばかりじゃないか、あんたは」

伊南村はもはや警察官ではなく、川津に何もさせるなという田代の命令を実行するだけの番犬に堕している。そのことを伊南村自身嫌悪している表情だった。しかし川津はねばった。

「聞いてください。あなたには聞く義務があるはずです」

「おれたちは捜査からはずされたんだ。何度も同じことを言わせるな！」

「捜査からはずされても、捜査をすることはできます。僕ら二人で」

「おれとあんたの二人で？」とんでもないことを聞かされたという顔で、伊南村は川津を見た。

「そうです」

「馬鹿を言うな。二人だけで何ができるというんだ？」

ここが勝負だと川津は思った。自分の考えに伊南村をひきこむことができるか。川津は言った。「田代は何かを隠してます」

「そりゃ隠してるだろうよ。お役人なんだからな。それがどうした？」

「それが何なのかわかれば、逆転できるかもしれません。犯人を見つけだし、人質を救い出すことができるかもしれません」

「そう考える根拠は？」

根拠などありません、カンです、と正直に言うわけにはいかない。「その鍵が、この実験の中にあることは間違いありません」

「田代は、あんたに何もするなと命令したんだぞ」

「何もするなとは言われましたが、何も考えるなとは命令されていません」

「いいだろう。好きなだけ考えればいいさ」伊南村はそっくりかえるようにしながら、椅子に背中をもたせかけ、腕時計を見た。

「どうせ、この部屋の中だけの話だ。あと四十分だけのことだしな」

「それです。四十分です」川津は身を乗り出した。

「零時まで黙っていれば、あとはかまわないと田代は言いました。どういう意味なんでしょう」

「わからん。知りたくもない」

「田代の言う通りにしていたら、人質の命が危なくなるんです。刑事さん、僕に協力してくれませんか」

「ごめんだね」

「子供を見殺しにするんですか！」

「何と言っても駄目だ！」

「警察庁がそんなにこわいんですか？」

「ああこわいね。おれには家族がいる。介護しなけりゃならない年寄りまでいるんだ。警察をクビになるわけにはいかない。クビになった警官が再就職するのがどれほどむずかしいか、あんたには想像もつかないだろう」

「ですが――」

「いい加減にヒーロー気取りはやめろ！」伊南村は川津に指をつきつけた。

「警察庁の決定にさからって一人で何かができると、本気で思っているのか。あんたは四十過ぎの塾講師だ。それ以上でもそれ以下でもない。あんたにできることは何もない。じっとしていろ。いいか、言われた通り何もせず、じっとしているんだ！」

「夏目漱石か……」川津は苦笑ぎみにつぶやいた。

「何のことだ？」

「佐野が言ってたんですよ。何かをしようとすれば、必ずくびきにひっかかる。何もせずじっとしているのが一番賢い生き方だとしたら、それはなんと……」

伊南村はふんと鼻を鳴らし、横を向いた。警察官の自分が子供の命を見捨てようとしている。そのことに対する自己嫌悪と戦っているのが見て取れた。

警視庁は警察庁の命令によって捜査を放棄した。「無化」されたのだ。佐野がこのようすを見たら、大喜びすることだろう。

川津は腹をくった。伊南村を味方にすることはできそうもない。一人でやるしかない。伊南村に監視された、軟禁状態のままで！

外部と接触することも、外部からの情報を得ることもできない。川津にできるのは、考えることだけだ。考えることだけが武器なのだ。あと三十七分――。

34　四人

「佐野は君を排除するために、自殺しようとしている恋人という切り札を使った」田代は川津を横目で見て言った。「もう一枚、松島さんを排除するための切り札を持っているかな、あいつは」

「もし持っていたらアウトだな」川津はため息まじりに答えた。「そうなれば、この場は完全に佐野のものになる」

④男（65・新聞配達）
⑦女（20・キルト）
⑨男（23・痴漢？）
⑫男（25・視覚障害）
⑬女（20・男遍歴）
⑭男（62・シェルター）

「五人まで減ったか」中平が言ったのを、田代が聞きとがめ、まだ六人ですよ、先生と言った。

「ああ、すまん。またやってしまった」中平は頭をかいた。

「そうか」田代はひとり納得したらしく、うなずいた。「佐野はいずれかのタイミングで⑦を落とすわけだから、すでに実質五人――こういう意味ですね？」

中平は微笑したまま、否定も肯定もせず、松島と佐野に呼びかけた。「二人とも、少し休憩するかい？」

「時間がもったいないです」松島はこたえた。「このまま続けましょう」

川津、田代、小柱の三人も検討を開始した。実験そのものからは排除されたが、排除された者同士で合議をすることはできる。

佐野と松島によって、この六人のうち誰が選ばれるか。誰が選ばれるにしろ、この三人がそれに干渉することはもはやできないのだが。

「佐野の言ったことは、ある意味で正しいかもしれない」田代が言った。「佐野のような人間が、みんなから主導権を奪って、独断で選ぶことになったら、もうそれは合議による選別とはいえない。しかしそもそも合議による決定なんて、この現実の中で、出されているといえるだろうか。

建前では合議ということになっていても、実際には、合議をはじめる前に結論が出ているというのが大半だ。ひとりが独断で選ぶなんて、まだましな方なんだ。またかりに、あくまで正当に合議をしようとしたとしても、それで正しい結論が出るとも思えない。誰もが納得する結論が出ることなんてありえない。議論に議論を、検討に検討を重ねたあげく、いちばんつまらない結論を出してしまう。こんなことなら鉛筆を倒して決めた方がましだったということになる。

人間は本質的に、合議で物事を決めることなどできないのかもしれない。もともとそういう能力をもっていないということだ。だから、そういうことは人間でなくＡＩにまかせた方がいいという話になるんだろうが――」

「僕はＡＩに決断をゆだねるのには反対だ」川津は言った。「僕なんか、いずれにしろ選ばれるはずのない人間だが、どうせ落とされるなら、人間に落とされた方が、まだ納得がいくような気がする」

「あたしは逆ね。ＡＩにまかせた方が絶対にいいと思うわ」小柱は、佐野の方を、とげのある目付きで見やりながら言った。「ＡＩは感情的にはならないし、時間の無駄でしかない屁理屈をひねくりまわすこともしないんだから」

佐野が、川津たちの方を向いて言った。

「老人を二人落としたぞ。④と⑭だ。

④男（65・新聞配達）を落としたのは、過去にしか興味のない者を残しても仕方ないからだ」

イメージ11　④男（現85・新聞配達）が犯人とすれば

中平に詰め寄っている。

「先生は、私のような年寄りは何をされても黙っていると思っているんですか。知らないうちに実験材料にされて、そのあげく落とされるような目にあったとしても？　ああ、実際そのとおりなんです。怒る気になれないんです。新聞配達はもうずっと前にやめました。今は何をして暮らしているかなんて聞かないでください。世の中の役に立たない私のような者は、何をされても仕方ないのかもしれません。ただせめて、実験台に使ったなら使ったで、一言いってほしかったです」

（年齢的に、実行は困難と思われる）

「⑭男（62・シェルター）を落としたのは、生き残ることが目的化してしまっているからだ。なぜこんなつまらない二人が今まで残っていたのか、ふしぎなくらいだ」

「それだけか」川津はつぶやいた。「ずいぶんあっさりしてるんだな」

イメージ12　⑭男（現82・シェルター）が犯人とすれば

中平に詰め寄っている。

「シェルターは無駄だったかもしれません。いや無駄でした。この二十年、シェルターに避難しなければならないほどのことは起きませんでした。私のしたことは無駄だったわけです。だからといって、私自身まで無駄だったと、どうしてあなたがたから断罪されなきゃならないんです？　私は別に、自分だけ生き残って、私を笑った連中を見返してやろうなんて思ってたわけじゃありません。ただ、あなたがたは、笑うよりひどいことを私にしたじゃないですか。シェルターですか？　五年前につぶしましたけどね、水漏れがひどかったもので」

（年齢的に、実行には至りにくいか）

「ていうか君は、⑦を落とすと宣言してたんじゃなかったのか？」川津はたずねた。

「落とすチャンスはまだある。それに」佐野は言いかけて黙った。

「それに、何だ？」川津はたずねたが、

「自分でも変なんだが——。うまく言えない」佐野は顔をしかめ、松島のほうへ顎をしゃくった。「おればかりに聞かず、彼女にも聞けよ」

「松島さん、これでいいのか？」田代が松島に問いかけたが、

「異議をとなえるほどではないので、佐野さんの決定を黙過しました」と松島は言った。「私にとって、佐野さんと戦うべきポイントはほかにありますから」

⑦女（20・キルト）
⑨男（23・痴漢？）
⑫男（25・視覚障害）
⑬女（20・男遍歴）

35　最大多数の幸福

電話が鳴った。伊南村は短く応答し、受話器を川津に差し出した。「あんたにだ」

〝決心はついたか？〟田代が言った。

「僕の決心を確かめるために、わざわざ電話してきたのか？」川津は言った。「役所というところもずいぶん暇なんだな」

〝返事はどうなんだ？　ま、決心がつこうとつくまいと、同じことだが〟

「正直、腹が決まらない。まださっきの話を続けているんだ。しかし別にこの話が部屋の外にもれるわけじゃないんだからかまわんだろ？」

そう言いながら、川津は通話をオープンスピーカーにし、伊南村の顔をうかがった。川津が実験のことを思い出す作業を続けていると知ったら、そして田代に対する反撃の方法を探っていると知ったら、田代はどういう反応をするだろう。口ぶりに何らかの変化があらわれるかもしれない。それを聞き取ってほしいと、目で合図したのだ。

しかし伊南村は相変わらず無関心だった。少なくともそう見えた。

やはり、伊南村を味方につけるのは無理なのだろうかと川津は思った。まあ当然だろう。自分が伊南村の立場だったとしてもそうするはずだ。

田代は警察庁をコントロールできる権力機構の一員なのだ。黙って従っていれば職場も家庭も安泰だ。それに対して川津は一平民にすぎない。平民の言うことを聞いて官庁にさからったとなればどうなるか。どちらを選ぶか、考えるまでもない。

またしても選ばれなかったな、と川津は思った。二十年前と何も変わらない。自分はどんな局面でも、誰からも、選んでもらえない人間なのかもしれない。

田代の声がした。〝あきらめの悪いやつだな。どこまで話した？〟

「四人にしぼりこんだところまでだ」

⑦女（20・キルト）
⑨男（23・痴漢？）
⑫男（25・視覚障害）
⑬女（20・男遍歴）

〝まあ、せっかくしぼりこんでも、最後はああいう結果になったわけだが〟田代の声はひとりごとのように聞えた。

「その通りだ」そう答えながら、川津は伊南村の顔を見た。「四時間、ああだこうだとディスカッションしたあげくが、ああいう結果だったとはな」

伊南村は横目で川津の顔を見ている。「ああいう結果」という言葉がひっかかったのだ。

「田代、あの実験の目的は、意外に単純なものだったんじゃないだろうか？」川津はこう聞いてみた。

「君は『そんな程度のものじゃない』と言うが、あの実験には、十六人の中から一人を選ばせることで、選ぶ側の人間性をあぶりだす意味合いもあった。これは確かなことだ。結局のところ、中平先生は楽しんでいたんじゃないのかと、僕は思うんだ。人が人を選び、人が人に選ばれるところを見て、ああおもしろいなあ、人間なんて愚かなものだなあと――」

こう言ったときの田代の反応は、意外なものだった。そんなことはないと、言下に否定したのだ。

〝川津、それは違うぞ。先生はそんなことのためにあの実験をやったんじゃない。先生は選別というものを心の底から嫌悪していた。人が人を選び、人が人に選ばれる、そんなことが世の中からなくなることを望んでいたんだ〟

「ええっ？　そんなことを聞かされたのは初めてだぞ」川津は当惑した。「それならなぜ、先生は僕たちにあんなことをさせたんだ？」

〝それがわかれば、君も僕と同じレベルに到達したということだ〟田代の声に笑いが混じった。〝だが、そんなことはまずありえない。まあ、ひまつぶしにはなるだろうから、考えてみるんだな〟

川津はふと不思議に思った。なぜ田代は自分に電話してきたのだろう。

田代はおそれているのかもしれない。川津がすべてを思い出してしまうことを。自分しか知らないはずのことを川津が知ってしまうことを。

川津は、探りをいれるつもりでたずねてみた。

「田代、こういう推理はどうだ？　中平先生は、人が人を選ぶことは簡単だと言った。誰にでも、16人の中から一人を選ぶことができる。16人の中から一人を選べるなら、256人の中から16人を選ぶことも、65536人の中から256人を選ぶことも、一億人の中から625万人を選ぶこともできるわけだよな」

〝その通りだ。しかし、だから何だ？〟

「それは――」

〝川津、さっきも言ったが、君の考えていることは、あの実験の意義のほんの一部にすぎない。核心を知ってるのは先生と僕だけだ。先生の亡くなった今は、僕一人だけということになる。

中平先生は偉大だったよ。日本の、いや世界全体の未来をよくするための財産をのこしてくれたんだ。それを引き継ぐことができたのは幸運だった〟

「その中平先生を殺したのは誰なんだ。君は知ってるんじゃないのか？」川津はたずねた。

「僕はさっきから、佐野のことが気になってしょうがない。彼は結婚を境に人が変わったようになった。不幸とかいうレベルじゃなく、不幸とか幸福とか、そういうものを感じる感情がなくなってしまったかのようだ。完全に人格が変わってしまったんだ。その遠因が、あの実験にあったのだとしたら――」

〝実験に参加したのは、君も僕も同じだ。しかし僕たちは佐野のようになったか？〟田代は、問題にならないという口調で言った。〝第一、佐野に人は殺せないよ。ああいう口先だけのタイプには〟

その点は、川津も同意見だった。探りをいれるためにこういう質問をしてみたにすぎない。

川津は腕時計を見た。十一時三十分。犯人の指定したリミットまであと三十分！

伊南村を見た。目を伏せている。

伊南村という監視役がいるかぎり、川津はこの部屋から出ることはできない。ｗｅｂ新聞に記事を載せ、子供の命を救うこともできない。

伊南村に川津を監視させているのは田代だ。いや、日本という国家そのものだ。

国家は――人間の知っているような、または理解できるような――感情を持っていない。したがって話し合うことも説得することもできない。だが、その国家を形成しているのはあくまで人間だ。田代もそうだ。人間である以上感情があるはずだ。田代の中のそれをよびおこす方法はないものだろうか。

「田代、君は、自分のしていることに対して罪の意識は持たないのか」川津はさっきと同じ問いかけをしてみた。

「子供が一人死ぬかもしれないんだぞ。平気なのか？」

〝日本政府はテロリストとは交渉しない。国是に従うだけだ〟

「君自身は心を動かされないのか？」

〝僕がいつ、どのように心を動かすかを決めるのは、僕じゃない〟

「主義信条を国家に委託したわけか。政府が右と言っているのに左を向くわけには行かないといった、どこかのテレビ局と一緒だな。いやもっと進んで、感情まで委託したわけだ。国が笑えといえば笑う、国が泣けと言えば泣く、罪悪感を感じるなと国から命じられていれば、子供が殺されても、国民がどれだけ不幸になったとしても何も感じずにすむ、そういうものに君はなったわけだ。田代、何か思うところはないのか。二十年前の君がいまの君を見たら、何て言うかな？」

〝誤解してもらっちゃ困るな〟田代の声に、ふと、それまでなかった切実な調子がこもった。

〝君は僕が変わったというが、僕自身はあの時と変わったとはまったく思っていない。最大多数の幸福をめざすという、この一点において〟

「最大多数の幸福？」

〝そうだ。いまわれわれは、君たちに与えるための果実を育てている。万人の受け取るべき果実をだ。

川津、君は今までずっと不遇だっただろう？　それはなぜだと思う？　君自身の人格のためだ。就活がうまくいかなかったのも、貧乏だったのも、君の人格が不完全なものだったからだ。就活用の人格が欲しいというのは、君の口癖だったじゃないか。あれは二十年前はおとぎ話だったが、今や現実になろうとしている。よりよい人格を得れば、よりよく生きることができる。そういう時代が、すぐそこまで来ているんだ〟

「いきなり人格の話か。変なことを言いだすんだな」急に田代の声が熱心になったことを不審に思った川津はたずねた。「時代って、どういう意味だ?」

〝まあ、それはそれとしてだ〟田代の口調はすぐにまた醒めたものになった。

〝まだ腹は決まらないのか?〟

「それなんだが」川津は言った。「僕がどんな決心をしようと、君には関係ないわけだろう。どのみち、僕はこの部屋にとじこめられたきり、何をすることもできないんだから」

〝そう、そういうことだ。つまりこれ以上、君と話をする必要もないわけだ。さよならだ。もう話をすることもないだろう〟

通話は切られた。川津はツーツーと音をたてる受話器を耳にあてたまま、考え続けている。田代はなぜ電話をかけてきたのだろう。なぜ、人格の話題になったとき、あんなに熱心になったのだろう。

36　三人

⑦**女**（**20・キルト**）
⑨**男**（**23・痴漢？**）
⑫**男**（**25・視覚障害**）
⑬**女**（**20・男遍歴**）

「⑨を落とす」佐野は言った。
「大変動の後の世界で生き残るふさわしい一人、という条件を、うっかり忘れてたよ。世界が滅んだあとの世界では、裁判所だってなくなってるはずだしな」

イメージ13　⑨男（現43・痴漢容疑者）が犯人とすれば

中平に詰め寄っている。
「二十年前あなたがたが僕を落としたのは、僕のことを疑っていたからなんですか？　返答次第じゃただではすみませんよ。いや別に、それほどこだわってるわけじゃありませんがね。確かにあの裁判は僕にとって重要でした。ただ、別にあれが人生のすべてだったわけじゃなくて。ほかにもいろいろやらなきゃならないことがあったし。最終判決はどうだったのか、ですって？　どうでもいいじゃないですか、そんなこと。真実は神様だけが知っているんですから」

「それをいうなら、⑫だって同じだろ」川津は言った。

「目が不自由では、他人の世話にならなくては生きていけない。ましてあれのあとの世界ということになったら——」

「いや、その世界では健常者より盲人のほうが断然有利だ。悲惨なものを見ないですむだけ、平常心をたもてるんだからな。

⑦女（20・キルト）は、布切れと編み棒だけあれば生きていける。⑬女（20・男遍歴）は、たとえ文明が滅んでも、男を手玉にとるという、人類が始まって以来の方法で生きていける」

「さっきまでとは、ずいぶん話が違うな。今にはじまったことじゃないが」田代が皮肉まじりに佐野に言った。

「⑦を落とす落とすと言いながら落とさない。そればかりか、賛美しはじめてるじゃないか」

「シミュレーションは生き物だからな」佐野はしゃあしゃあと言った。

「まあ心配するな。いずれきっちり落とすから」

⑦女（20・キルト）
⑫男（25・視覚障害）
⑬女（20・男遍歴）

「二人まで来たか」中平が時計を見ながら言った。「残り十五分だが」

「先生、二人じゃありません。三人ですよ」小柱が訂正した。

「ああ、そうだったな」中平は苦笑した。

「さっきから何度も同じミスをしてますね。疲れが出てるんじゃないですか？」

「そうかもしれん」

川津はそのやりとりを聞きながら、ぼんやりと思った。

あと三人か、あと十五分しかないのか。

「松島さん、君はどうなんだ」田代が、さっきから黙っている松島に問いかけた。

「さっきも聞いたが、佐野に好き放題やらせて、それでいいのか？」

「佐野さんと同意見だから、何も言わないだけです」松島は言った。

「同意見だって？」田代だけでなく、みんなが驚いた顔になった。

「こんないいかげんな選び方と、同意見だというのか？」

「直感で選んでも、熟慮のすえ選んでも、結果はそう変わらないというのは、意外に本当なのかもしれません。もちろん、全面的に賛成はしませんが。ただ、最後までこのままでいるつもりはもちろんありません」松島は田代にうなずかけた。

「この先は、佐野さんと対決することになると思います」

37　簡単なこと

⑦女（20・キルト）
⑫男（25・視覚障害）
⑬女（20・男遍歴）

「意外な三人が残ったもんだな」伊南村は、ああは言ったものの、やはり多少は興味があるらしく、手元のリストを見ながらつぶやいた。すでに十三人が鉛筆の線で消されている。

「二人の女は正反対のキャラだな。⑬は男を騙してばかり、⑦は底無しの善人。⑫は結局、映画を撮ったのか？　まあ、どうでもいいことだが」

川津は、さっきから気になっていることをまた考えていた。

田代はなぜ電話をしてきたのだろう？

田代は気になったのだ。川津が気づいているかいないか、それを確かめずにはいられなかったのだ。確かめることには神経質なほど几帳面な男だったではないか。

らだ。自分は何を気づいていないというのか？

これは大問題だった。自分の思考の外側にあるものを、内側から知らなければならない。卵の中にいるヒヨコに、外の世界のことがどうしてわかる？　それでも川津は必死に記憶を探った。実験のこと、田代とのやりとりのこと、この部屋でのこと——。

突然、川津にはわかった。メガネがないメガネがないと部屋中を探しまわっていた者が、自分の額の上にメガネをずりあげていたことに気づいたようなものだった。こんな簡単なことが、なぜ今までわからなかったのだろう？

川津は立ちあがり、伊南村に言った。「中平先生の奥さんを——理枝さんをここへ呼んでください！」

「中平理枝を？」伊南村は首を振った。「だめだ。誰もここへ入れることはできない」

「事件を解決できます。犯人を逮捕し、人質を救出できるんです。あなたの手柄になりますよ」

「突然何を言い出すんだ？」

「言った通りのことです。犯人が誰か、動機は何なのか、すべてわかりました」

伊南村はしばらく黙ってから言った。「じゃ、言ってみろ」

「それには、理枝さんと話す必要があります。九十九パーセントまでかたまっていますが、残り一パーセントの確信が持てません。理枝さんの協力が必要なんです」

伊南村は下をむき、考える表情になった。来た、と川津は思った。川津のしかけた餌に魚が食いついたのだ。

警察庁にはさからえない。懲戒免職はこわい。だが手柄はそれ以上に欲しい。警察官とはそういうものだ。川津はたたみかけた。「理枝さんと五分話すだけです。あなたは何ひとつ損はしません。悪い話じゃないでしょう？」

伊南村の表情が動いた。餌をのどの奥にのみこもうとしているのだ。あせってはならない。あわててひきあげようとすれば針がはずれる。完全にのみこませるのだ。あせるな。あせるな。こちらからは何も言わず、伊南村が何か言うのを待て。

伊南村は言った。「どうやって彼女をここへ呼ぶ？　口実が必要だぞ」

間髪をいれず川津は言った。「口実ならあります。それは――」

川津は話した。しかし途中まで聞いたところで伊南村は顔色を変えた。「そんなことはできない！」

「やらなければこの事件は解決できません」

「違法行為だ！」

「子供の命にはかえられません」

「なぜおれにこんなことをさせる。何の権利があって？」伊南村は、ほとんど救いを求めるような目で川津を見た。「あんた何のつもりだ。何様だよあんた！」

「あの実験の意味がわかったんです」川津は言った。「二十年後の今になって、やっと」

38　二人

⑦女（20・キルト）
⑫男（25・視覚障害）
⑬女（20・男遍歴）

今度こそ佐野が⑦を落とすかと思われたが、そうはならなかった。佐野が落としたのは⑫だった。
「自分でもなぜかわからないが、⑦を残したい」佐野は言った。「となれば落とすのは⑫か⑬だが、なんとなく⑬に親近感があってね。他人とは思えないんだ。消去法で⑫を落とす。映画を撮らせてやることができなくて残念だが」

イメージ14　⑫男（現45・視覚障害）が犯人とすれば

中平に詰め寄っている。

「僕を落としたのは、結局、僕には映画なんか撮れっこないと思ったからですか？ 撮れなかったんじゃなく、撮らなかっただけです。ここを間違えないでください。撮ろうと努力はしたんです。百時間くらい素材を撮りました。ただ結局、僕と仲間とのキャッチボールがうまくいかなくて。僕も疲れたし、仲間の方も、僕を抜きにして勝手に編集をしてたみたいで。中心であるはずの僕は何もせず、その方が映画作りのためにはいちばんいいみたいな雰囲気になってしまって、自分からもうやめようと言ったんです」

⑦女（20・キルト）
⑬女（20・男遍歴）

とうとう最後の二人まで来たか。川津は時計を見た。十六時五十分。残り時間十分。あと一人落とせばいい。何とか間に合うだろうか。松島愛子が先生、と言いながら手をあげた。全員が松島に注目した。今までずっと黙って佐野を放任してきたのだ。ここで発言しなければ、どこで発言するというのか。松島は言った。

「佐野さんと同じように私も、⑦には違和感をいだいていました。なぜなのか、ずっと考え続けていました。いま、おぼろげにではありますが、その理由がわかってきたような気がします。

一口に言えば、⑦は清潔すぎるんです。ほかの候補者はみな、何らかの点で問題をかかえているのに、彼女だけは欠点らしい欠点がない、聖女のような女性です。みんな不完全なのに、彼女だけが完全なんです。まるで作り物のように」

「作り物？」全員が松島に注目した。

「最初わたしは、彼女が嘘をついているのだと思いました。でも先生は違うと言いました。それを信じるとするなら、残る可能性はひとつです。彼女自身が作り物であるという可能性、人間ではないという可能性です。

今になって思い当たりました。先生が『――人（にん）』という呼び方を一度もしなかったことに。

十六人ではなく、十六素材という呼び方をしました。⑦をふくむ八人が選ばれたとき、七人残ったと言い、あわてて言い直しました。あれは言い間違いではなく、実際、人が七人、それ以外の物がひとつという意味だったんです」

「なるほど、ＡＩか！」佐野が大声をあげた。

「ＡＩ？」みんなが驚いて佐野の顔を見た。

「十六人の中にＡＩを一人混ぜたんだ」佐野は言った。

「日常生活の中にいくらでもＡＩが溶けこんでいる時代なんだから、実験材料にＡＩを使ったとしても不思議はない。

ＡＩといえば純真、清潔、誠実の代名詞だ。狂人のＡＩや異常性格のＡＩなんて聞いたことがないものな。いまや生身の人間の中に聖者など見つけようもない時代だが、聖者のＡＩは簡単に作れる。いずれこの世界は不完全な人間たちと完全なＡＩで埋めつくされるようになるんだろうな」

「先生、答えてください」松島が言った。「⑦女（20・キルト）はＡＩなんですか？」

「………」中平は答えなかった。

「どうなんです先生？」

川津は時計を見た。この土壇場でえらいことになった。十六時五十五分。あと五分しかないのに！

「はははははは！」けたたましい笑い声をあげたのは佐野昇一郎だった。

「⑬女（20・男遍歴）を落とす。⑬を落とすぞ！」

「えっ、⑦女（20・キルト）じゃなくてか？」川津は言った。

「⑦は残す。⑦が最後に選ばれた一人だ。それでこのくだらない実験は終わりだ！」

イメージ15 ⑮女（現40・男遍歴）が犯人とすれば

中平に詰め寄っている。

「あの時選ばれていたからと言って、特に嬉しいとは思わないわ。結局あなたは、あたしを選んだと同時に、あいつも選んだわけだし」

「君の最初の宣言はどうなった？」川津はあきれて言った。

「最後の最後で⑦を落とし、実験を無化することが狙いじゃなかったのか？」

「そうとも、無化だ。これこそが無化さ」佐野は、まだ笑いの発作がおさまらないというように、軽くしゃっくりをしながら言った。

「松島の言ったように、⑦は清潔すぎる。それは⑦が生身の人間ではない、作られた存在だからだ。さっきまで感じ続けていた違和感の正体はこれだったんだ。

十六素材のうち実在の人物は十五人だけで、一人はＡＩだった。そのＡＩを、先生は『正解』としておれたちに選ばせようとした。不完全な人間より、完全な作り物を選ばせようとしたんだ。そしておれはまさにそれを選んだ。ここにおいて、この実験の無化は達成された！」

「なぜ？　単に先生の思う壺にはまっただけだろ？」川津は聞き返したが、佐野はわかってないなあ、というように首を振った。

「先生のしかけたこのトリックがばれていないまま⑦を選んだのなら、まさにそうだろう。実際、もうすこしでそうなるところだったんだが……。だが今や、トリックはばれている。おれたち全員が、⑦はＡＩだということを知っている。どれだけ美しい人格も、それが作られたものにすぎないとわかった瞬間に価値を失う。精巧に作られた偽札でも、それが偽札とわかった瞬間にただの紙切れになるのと同じように。

それを承知の上で、おれは⑦を選ぶ。十五人の人間を捨てて、作り物を選ぶ。こうすることで、もっともくだらない、最もナンセンスな結論を出せるからだ。これこそが、この実験を無化する最良の方法なんだ。ああ、じつにすがすがしい気分だ」

すがすがしい表情をしているのは佐野だけで、他のみんなは複雑な表情だった。十六人の中から誰を選ぶか、四時間にわたってああでもないこうでもないと考えたすえ、最後に選ばれたのがＡＩだったというのか？

特に納得のいかない表情をしているのは小杜恵だった。彼女にとってこのシミュレーションは（途中で離脱したとはいえ）彼女なりに気合の入ったものだったはずだ。特に当初は、中平の化けの皮をはぐという目的も持っていたのだから。

中平は何事かをたくらんでいた。そしてそれはあばかれた。ただし、小柱以外の者の手によって。小柱としては、到底我慢のならないところだろう。

「先生、いま佐野君の言ったことは本当なんですか！」小柱は中平をにらみつけるようにして言った。

「………」

「先生、どうなんです！」

「違う」中平は静かに首を振った。「⑦はＡＩじゃない。生きた人間だ」

「ええっ？」これ以外にはありえないという結論をあっさり否定され、みんな驚き半分、落胆半分の声をあげた。

「本当ですか先生？」川津はたずねた。

「本当だ」中平はうなずいた。

「悪あがきはよしましょうよ、先生」佐野は笑って言った。

「ネタはあがってるんですよ。それとも、⑦が実在することを証明できるとでもいうんですか？」

「できる」中平はうなずいた。「⑦は僕の婚約者だ。来月にも結婚するつもりでいる」

「！」全員が仰天の表情になった。

それは、と川津が言いかけたところで、鐘の音がした。大学構内の時計台の午後五時を知らせる鐘だった。

「時間だ」中平はうなずいた。「ここまでだ。みんなご苦労だったね」

「待ってください」佐野があわてて叫んだ。「⑦が人間だというなら、話はまったく違ってきます。⑦を選んだのは取り消します」

「しかし、もう時間切れだ」

「延長すべきではないですか」川津は言った。

⑦女（20・キルト）
⑬女（20・男遍歴）

「この二人にリセットして、どちらを選ぶのか、最終決定をすべきです。せっかくここまでやったんですから」川津がこう言ったのに対して、中平は首を振った。

「その必要はない」

「これ以上選ぶ意味はないんだよ。選びようがないと言った方がいいかな」

「必要がない――どういうことですか？」

警官にともなわれて、中平理枝が部屋に入ってきた。

警官を外に出し、川津、伊南村、理枝の三人になった。

理枝は心配半分、期待半分の表情だった。何のためにここへ連れてこられたのかわからないのだ。

「たびたびもうしわけありません。大事なことをお伝えしたかったので」伊南村がそう言いながら理枝に歩み寄った。すこし顔がひきつっているのを川津は見てとった。理枝に気取られなければいいのだが。

川津自身、手のひらが汗ばんでいる。こんなことをやって果たしてうまく行くのだろうか。しかしほかに手はない。おれは大バカ野郎だと川津は思った。あのとき中平が⑦と結婚すると言ったことを、なぜ今まで思い出せなかったのか。⑦と理枝を結び付けることが、なぜできなかったのか？　⑦は確かに生身の人間だ。いまこうして自分の目の前にいるではないか。二十年という時間をへだてて！

「大事なこと？」理枝の顔に、心配と期待とがふくれあがった。自分は何を聞かされようとしているのか。何を宣告されるのか？

伊南村は明らかに、言い出すのをためらっていた。こんなことにまきこみやがって、

という目で川津を見た。

川津は目で答えた。言ってください、伊南村さん。

伊南村はまだためらっていた。川津は心の中でハッパをかけた。言うんだよ！

ついに伊南村は理枝にむかって言った。「犯人がわかりました。石井秋夫です。その居場所もわかりました」

39　一人

「本当ですか！」理枝は喜びと驚きが半々の表情で伊南村につめよった。「やっぱり石井だったんですか？」

「そうです」伊南村はまた、こんなことをさせやがって、と恨むような目を川津に投げかけながら言った。額には汗がうかんでいる。

「石井は都内××に、郁雄君とともにたてこもっています。警察が説得にあたっていますが、石井は興奮していて、危険な状況です」

「石井は、あなたが心変わりしたことを非常に怒っています」川津が横から言った。考え抜いたシナリオを伊南村にしゃべってもらったが、ここからは自分でしゃべった方が早い。

「石井は言っています。なぜあなたが自分を捨てて中平先生のもとへ走ったのか、どうしてもわからないと。石井がこんなことをした理由は、そこにあったんです。

奥さん、二十年前のことについておたずねします。あなたは、自分自身があのシミュレーションの実験台として使われていたことを知っていましたか？」

「知っていたんですか、知らなかったんですか？」

「それは……」

「よくおぼえていません」

「おぼえていないとは何ですか！」伊南村が、これは芝居ではなく本心から怒って叫んだ。「自分が実験台になっていたことを知っているなら知っている、知らないなら知らないと、なぜはっきり言えないんです。息子さんの命がかかってるんですよ！」

「わたし……」

「なぜこのことを今まで黙ってたんです。犯人は――石井は、実験のことを知りたいがために、あなたの夫を殺し、あなたの子供を誘拐したんですよ。あなた自身がその実験材料にされていたという重大なことを、なぜ最初に言わなかったんです。自分の子供がどうなってもいいんですか！」

「ですから、いま言ったように、おぼえていないんです、本当に」理枝は泣きそうな表情だった。「いま言われて初めて、言われてみればそうだったのかもしれないと――」

「何ですその言い方は――！」伊南村は怒鳴りかけて自制し、こう言い直した。

「まあ、そういうことなら、少なくとも今は思い出してるわけですね？」

「それは……」

「どうなんです？」

「私よりあっちの方が……」

「何ですあっちって。誰のことです？」

「………」

「何ですかあなた」伊南村はまた怒り出した。「思い出したと言ったと思ったら、あっちとか何とか、わけのわからないことを言い出して」

「待ってください」川津は伊南村を制し、理枝の方を見ながら言った。

「あなたは言わなかったんじゃない。言えなかったんです。そうじゃないですか？」

「言えなかった、だって？」伊南村はいらいらした表情で理枝の顔を見た。「ありえないでしょう。自分の子供の命がかかっているというのに。それでも母親ですか！」

「そこです」川津は伊南村に言った。「僕はずっと考えていました。母親にとって、子供の命がかかっていても言えないことがあるとしたら、それは何なのか？」

「そんなものあるわけ――」伊南村はそう言いかけ、あっという表情になり、理枝の顔をのぞき見るようにして言った。「脅迫ですか。誰かに脅迫されてるんですか。このことを言うなと」

「そう。この人はあることを明かすなと命令されています。僕が田代譲から、何もするなと命令されたように」川津は言った。「ただこの場合、事情はすこし複雑です。脅迫者は他人ではないからです」

「なに?」伊南村は目をしばたたいた。「何を言ってるんだあんた?」

「理枝さん、あなた自身の口から説明してください」川津は言った。「あなたが言いたくないなら、彼女に言わせてもかまいません」

「それは——いやです」理枝は首を振った。「許してください。それだけは」

「あなたはほんの小さな罪を犯しただけでひどく心を痛め、償いの気持ちをこめてキルトを編まずにはいられなかった。しかしそういうことが、いちいち彼女の気にさわっていたのではないですか?」

「何の話だ」伊南村が川津と理枝の顔を見ながらたずねた。「彼女って誰だ?」

理枝の口から獣じみたうめきがもれた。気分が悪いんですか、と理枝の顔をのぞきこもうとした伊南村は、次の瞬間、あっと声をあげて飛びのいた。理枝の顔は、つい数秒前とは別人だったのだ。

骨格が変わったわけでも、肉付きが変わったわけでもない。ただ眼が違う。さっきまでの理枝のもの静かさは消え、野犬を連想させるふてぶてしい目付きになっている。

眼が変わっただけで人間の顔はこうも変わるものかと川津は驚いた。

〈理枝〉は手で前髪をかきあげながら、ふかぶかと息をついた
「ああ、こっちに来られたのはひさしぶりだわ。誰かタバコ持ってない？」

呆然としている伊南村のかわりに川津が質問した。「あなたは⑬ですね？」

「そうよ。〈男遍歴〉なんて呼ばれてたけど」〈理枝〉は簡単にみとめた。

「中平のやつ、ひとのことを勝手に実験材料にして。それだけならまだしも、あたしより、あとからこしらえた、あのブリッコの方ばかりかわいがって。

石井が惚れてたのは、あたしのほうなのよ！　それなのに中平の手であたしが奥におしこめられて、あいつばかりが表に出てきたもんだから、石井としてみたら、わけがわからなかったんでしょうね」

「二重人格……」伊南村がつぶやいた。

「そうです」川津は伊南村にうなずきかけた。

「中平先生は⑦を愛していました。生まれつきの人格である⑬ではなく、自分が丹精こめてこしらえた人格である⑦を。

先生の口癖だったじゃないですか。多重人格は特殊なものではない。人は誰でも複数の人格を心の奥底に持っている。程度の差はあれ、誰もが多重人格なんだと。そし

て、生来の不完全な人格より、たとえ加工されたものであっても完全な人格の方が、人には好かれるんだと。

松島愛子はいい線まで推理しました。でも詰めの部分が少しだけずれていました。松島中平先生は十六人の候補者を『十六人』ではなく『十六素材』と言いました。松島はそれが、十六人の中の一人がAIだったからではないかと考えました。実際はそうではなく、⑦と⑬が一人の人間の、二つの人格だったんです。十五人、十六人格だったんです。

「しかしそれが何だというんだ?」伊南村は言った。「犯人が石井だと、その居場所もわかったとあんたは言った。それを確かめる話はどうなった?」

「あれはですね」川津は少し言いにくそうに頭をかいた。「嘘です」

「嘘!?」伊南村と〈理枝〉が同時に叫んだ。

「あんた嘘ついたの? 郁雄はどうなるの?」〈理枝〉が川津につめよった。人格が変わっても、息子を心配する母性本能に変わりはないらしい。

「この人が二重人格かどうか、自分の好奇心を満足させるために、それだけのために、おれにこんなことをさせたのか!」伊南村もカンカンになって川津につめよった。

「まあ待ってください」川津は二人をなだめるように両手をあげた。

「この人が二重人格だとわかったことで、すべての謎は解けたんです。webでこのことを明かせば、石井からきっと何らかの反応があります。伊南村さん、僕にパソコンを貸してください。石井に読ませるための記事を書きますから」

「それは駄目だ」伊南村は首を振った。「警察庁の命令には――」

「警察庁を動かしたのは誰です。田代でしょう？　これは田代のしかけた罠です」

「罠？」

「あの実験は特定秘密に該当すると田代は進言し、それを内閣総務部も警察庁も信じました。しかしそれは嘘です。特定秘密もテロ防止も田代の頭にはありません。あるのはただ、自分一人の利益だけです。田代一人に警察全体がだまされているんです」

「なぜそんなことがわかる！」

「内閣総務部に電話して、田代の所在を確認してください。賭けてもいいですが、田代はいま所在不明で、連絡もつかないはずです」

「何なの。何の話？」〈理枝〉が話についていけず、川津と伊南村の顔を交互に見た。


以上が実験の概要です。あなたがこのことに怒り、実験の全貌を世間に知らしめることで、自分の気持ちを知ってほしかったことはよく理解できます。

あなたが今回の行動をおこしたことは、決してあなたの本意ではなかったと思います。どうか郁雄君を解放してください。子供には何の罪もないのですから。

ｗｅｂ新聞に記事が載ったのは二十三時五十八分だった。その一時間後に石井秋夫が、中平郁雄をともなって警察署に出頭してきた。郁雄はすこし衰弱していたため、病院に運ばれた。警察の調べに対して石井はすなおに供述した。

理枝と知り合ったのは二十年前です。当時の彼女は男遍歴が激しく、男という男から金をしぼりとっては捨てているという噂でした。私も相当の金を彼女にみつぎましたが、だまされているという意識はありませんでした。というか、だまされていたとしても、かまわない気持ちでした。理枝に惚れぬいていました。私は理枝と結婚するつもりでしたし、理枝の方も承知してくれていたんです。私に対してだけは理枝は本気だったと思います。えっ、どの男にもそう言ってたんじゃないかって？　まあ、そうかもしれませんが。それはそれとしてですね、彼女は急に私を避けるようになったんです。つかまえて問いつめても、のらりくらり言い逃れをするばかりで。それまでとはまったく人が変わったようでした。

何とか彼女の気持ちを取り戻そうと、いろいろやりました。ストーカー扱いされたのは、いまでも不本意です。警察に呼ばれ、誓約書を書かなければ起訴すると言われ、泣く泣くあきらめました。十八年前です。そのとき彼女はすでに、あの中平と結婚していました。

くやしくてたまらなかったのですが、時間がたつにつれ、なんとか忘れることができました。いまの妻と知り合い、家庭を持ちました。子供もでき、それなりに平穏な生活を送ってきました。

それが乱れたのは、数カ月前、ｗｅｂ新聞「リアルペーパー」の記事を読んだときです。ええ、前からこの新聞の読者でした。普通の新聞には出ないような、本当か嘘かわからないような記事が載ったりするので。ただ、その時はあっと思いました。法務省が、犯罪者を更生させるための方法として、受刑者の人格改造を研究しているという記事でした。研究チームの中心は、Ｓ大学教授の中平幸雄とありました。

私は直感しました。理枝は二十年前、中平の研究の実験台にされた。「悪い人格」ではなく「よい人格」の人間に変えられたのだと。

二十年前、私と理枝の仲を裂いたのは中平だったんです。それも、おそるべき非人道的な方法をつかって。これは許されることじゃありません。

いてもたってもいられませんでした。私は中平の家へ行き、本人を問い詰めました。

「あんたは彼女の人格を変えたんだな！」

中平は笑って、それは違うと言いました。

「あらかじめ存在していたものが前面に出てきただけのことです。人間は程度の差こそあれ、みな多重人格なんですよ。

人の幸不幸は人格によって決まります。もってうまれた悪い人格が前面に出ているばかりに世間にうけいれられない人は大勢います。埋もれている、いい人格を引き出してやることができれば、幸福になれるんです」

私は言いました。「その結果、前とは別人になってしまったとしてもか！」

「そう、以前の彼女よりすぐれた人格に、彼女はなりました。僕に選ばれるにふさわしい女性に」

「おれは前の彼女が好きなんだ！」

「彼女は君をだましていたんですよ。ただ金をまきあげるだけの対象としか見ていなかったんです。悪女(あくじょ)ですよ」

「おれはその彼女が好きなんだ。彼女を返してくれ」

「わかりませんねえ。あんな悪女がどうして好きなんです？」

「あんたにわかろうがわかるまいがどうでもいい。理枝はおれの女だ。もとの理枝に戻してくれ！」

「それはできません。そのかわりあなたの人格も、僕が変えてあげましょう」

「はあ？」

「嫉妬もしない、恨みもいだかない、怒りもしない、穏やかな人格になるんです。幸福になれますよ」

「不完全な人間を、完全な人間に変えてさしあげますというわけか。みんなに好かれる、みんなに選ばれる人間に！」

「とんでもない。誤解してもらっては困るんですが、僕は選別というものが大嫌いです。僕くらい選別を嫌悪している者はいないと思いますよ。

僕は選別というものをこの世からなくしたいと思いました。そのためにはどうすればよいか？　みんなが等質になればいいんです」

「等質？」

「そうです。みんなが等質になれば、みんなが『いいひと』になれば、よいものを選び、劣ったものを排除することは行われなくなります。

品質検査を通過した百個のテニスボールの中から一つを取るとき、どの一つを取ってもいいわけですよね。みんな等質なんですから。人間もそれと同じです。同じになればいいんです。誰を選んでも、誰が選ばれても結果は同じ。選ぶ苦痛も、選ばれる苦痛もなくなるんです。

二十年前、五人の学生を集めて、ある実験をしましてね。僕の研究は、あの実験でかたまったといってもいいくらいで——」

その時私はもう、頭に血がのぼっていて、中平の話を聞いていませんでした。自分でも意識しないまま、中平を殴り、ペーパーナイフで刺していました。

これは本当のことなんですが、中平は最後にこう言ったんです。

「そう、これでいい。こんなことを考える人間は生きてちゃいけないんです」

少しだけ冷静になった私は考えました。このまま出頭したら、中平のしたことは誰にも知られないままになる。

誰か、二十年前の実験について知ってる者がいるはずだ。中平のしたこと、しようとしたことを世間に公表してもらおう。その上で出頭しよう。それまでの間、子供には気の毒だが、人質に——。

時間までに記事が出なければ郁雄を殺すつもりだったのかと聞かれた石井は、一瞬からだを震わせ、激しく泣きだした。「あの記事を出してもらって本当によかったです。あれで正気に戻ったんです。書いた人に、ありがとうと言ってください」

田代譲は都内某所で逮捕された。中平のまとめた研究ノートの写しを論文オークションサイト〈24時〉に出品しており、それが外国居住者によって高額で落札された直後だった。

「この研究は、秘密だから価値があるんです」田代は供述した。「二十年前の実験のことが明るみに出れば、この研究の核心がみんなに知られてしまいますからね。その前に売り抜けてやろうと思ったんです」

ただ、田代の銀行口座は警察によって凍結されていたため売買は成立せず、ノートは落札者の手に渡らずにすんだ。サイトの落札時刻は午前零時に固定されており、田代が午前零時まで待てと言ったのは、このためだったのだ。

田代が自分の扱う特定秘密情報（またはそれに準ずるもの）を勝手にオークションに出したのはこれが初めてではなく、これまで数十回に及んでいた。落札者はおもに外国人で、その中には国際テロ組織とつながりがある疑いのある者もふくまれていた。最近の特定秘密情報の流出事件の片棒をかついでいたのは、情報を管理する立場にある田代自身だったのだ。落札代金はのべ数億円に達しており、そのほとんどは、趣味の競馬のために使われたらしい。海外に逃亡するつもりだったらしく、フィリピン行きの航空券を所持していた。

田代は、自分がつかまったのは川津康輔の推理の結果だったと聞かされても、信じようとしなかった。

「彼にそんなことができるはずはない。そんなレベルじゃないんです」

佐野昇一郎は、最後の滞在場所であるホテルから二キロほど離れたショッピングモールの地下駐車場にすわりこんでいるところを拘束された。覚醒剤と注射器を所持していた。

数年前から覚醒剤を使用していたが、その金は妻の小柱恵から借りていた。

小柱が金を貸す条件は、佐野が覚醒剤を注射するとき、そのそばにいることだった。子供のいない二人は、覚醒剤を使う時はホテルを利用した。この日もそうだった。

佐野は「奇跡を見たい、奇跡を」と言いながら覚醒剤を注射した。手元が狂い、いつもより多めに注射してしまった。

小柱は嘲笑した。「奇跡なんて、あなたは見ることはできないわ。永久にね」

佐野はカッとなり、小柱に大量の覚醒剤を注射して逃げた。結局、今回の殺人・誘拐劇とは無関係だった。

小柱が病院で死んだと聞かされた佐野は、それまで無表情だった顔に初めて笑みを浮かべた。自分以外の他人すべてを嘲笑するような笑みだった。川津康輔がこの笑みを見たら、二十年前とまったく同じだと思ったことだろう。佐野は小声で言った。

淘汰してやっただけだよ。

「あなたには、いずれ感謝状が出るでしょう」伊南村は川津に言った。さっきまでの上から目線の言葉づかいは消え、敬語にもどっている。

「ところでこれは、私個人ではなく、警察からの頼みなんですが、今度のことはマスコミには口外しないでいただけるとありがたいんですが」

「もちろんです」川津はうなずいた。「すべてあなたの発案で、僕はそれに乗ったということでかまいません」

「すまんですなあ」伊南村の日焼けした顔が、嬉しそうにくしゃくしゃになった。「ちょっと待っててください。車用意しますから」

伊南村はいそいそと出ていき、川津は部屋にひとり残された。

時計の針は深夜の二時を回っている。川津はながなかと息を吐きながら椅子に腰をおろした。今ごろになってどっと疲れが出てきた。

とにもかくにも、中平の息子を生きて救い出すという目的は果たした。そしてこれは、川津にしかできないことだったのだ。

警察庁も警視庁も、田代の言うことを信じた。郁雄を見捨てようとした。彼が内閣総務部の職員だったからだ。

警察は川津の行動を封じ、郁雄を見捨てようとした。大変なスキャンダルというべきだが、川津自身がこのことを口外しないかぎり、このことが明るみに出ることはないだろう。

それにしても、中平がああいうことを考えていたとは思わなかった。中平という人物に対する見方を大きくあらためなければならないと川津は思った。その中平はとっくに死んでいるのだが。

人間すべてが等質になる。誰もが同じことを考え、同じことを感じ、同じ行動をとるようになる。そうなれば、その中から誰かを「選ぶ」必要はなくなる。こんなことを——人間の等質化などということを、本当に起こそうと考えていたのだろうか？

もちろんそうなのだろう。でなければ中平のこの構想が特定秘密に指定されるはずはないし、オークションで高値がつくはずもない。

突然、小柱恵の言葉がよみがえった。

――私が淘汰を望まなくても、自然に淘汰はなされるのです。自然の摂理として。

等質化も同じだとしたら？　中平や、その意を受けた者たちがそうしようと望まなくても、自然の摂理として今やひとりでに人間の等質化が進んでいるのだとしたら？　この流れは誰にも止められないのだとしたら？　川津は疲れてぼんやりとした頭で、とりとめもなく考えた。

今はみんながスマホを持ち、同じような情報に接し、同じ方を向き、それ以外の方向には眼もくれようとしないではないか。同じ音楽を聞き、同じサプリを飲み、同じ政党を支持し、同じように伝染病に感染した者を差別し――。

ノックの音がした。伊南村が戻ってきたのだろうか。

「どうぞ」そう言いながらドアの方をふりむいた川津は、スーツ姿の小柄な女性が立っているのを見た。最初に川津が思ったのは、相変わらずコアラみたいな感じだなということだった。川津は言った。「ひさしぶりだね、松島さん」

「今は、竹田（たけだ）愛子なんだけど」松島愛子は、懐かしそうな笑みを浮かべながら近づいてきた。

二人は二十年ぶりの再会を祝して握手し、たがいの近況を語り合った。松島は新聞社を退社し、人権擁護を目的としたNPO法人で働いている。三十歳のとき結婚し、子供が二人いるという。

「大活躍だったじゃないの」松島は言った。「郁雄君の命を助けたんだから。私なんか、ただ座ってるだけで何もできなかったわ」

「いやいや、君のおかげだよ」川津は言った。

「二十年前のあのとき、⑦の人格が人工的なものだと見破ったのは君だ。あのことを思い出すことができなければ、どうなっていたか」

「実験に参加した五人のうち、一人は死に、二人は逮捕されたわ」松島は言った。

「一応まともに生きているのは、わたしとあなたの二人だけね」

「佐野のことは残念だ」川津は言った。「彼とは結婚式以来一度も会っていなかったが、こんなことになる前に、なんとかしてやれなかったのか……」

「誰にも、何もしてやれなかったでしょうね」松島はつぶやくように言った。

「二十年間ずっと、奇跡を見たい、奇跡を見たい、それだけの人だったんだから。奇跡なんてこの世にあるわけがないのに」

「いや、奇跡はある」川津は松島の顔を見て言った。

「僕はそのことを、今からでも、佐野に言ってやりたいと思う。奇跡は起きていたんだ。二十年前のあの時」

40　奇跡

実験が終わり、中平は全員に一万円を渡した。先に出ていこうとして、ふとみんなを見回して言った。

「なぜこんなことが頭にうかんだのか、自分でもふしぎなんだが――。悪いことばかりをして百歳まで生きた男が、死の五分前に悔い改め、まったく別人格の善人になったとしたら、彼にとって本当の人生は、悪人としての百年だったのかな、それとも善人としての五分間だったのかな？」

答える者はいなかった。部屋を出ていこうとする中平に、田代が「先生、くわしくお聞きしたいことが」と言いながらついていった。

小柱は「何だったのよまったく」とプリプリしながら、
佐野は「無化完了。めでたしめでたし」と言いながら、出ていった。

川津と松島の二人が残った。

松島は首をかしげた。「ふしぎね。こんなことがあるような気がするの」

「デジャ・ヴなら、あったような気が、だろ？」川津は言うが、松島は首を振った。

「この先いつかどこかで、こうしてあなたと向かいあって立っているような気がするの。なぜそうなるのかはわからないんだけど」

松島は去り、川津がひとり残った。急にがらんとした感じになった。窓の外は薄暗く、小雨が降りはじめている。

川津は、しまった、傘を持ってこなかったなと舌打ちしつつ、自分がもう「選ばれること」にそれほどこだわらなくなっていることを知って、すこし驚いた。

さっきまでの川津は、選ばれたい、選ばれる側に入りたいと、それればかりを考えていたが、今の彼は、選ばれても選ばれなくても、それほど違いはないのではないかと思っている。

十六人の中から一人を選ぶという作業の中で、選ぶことにも選ばれることにも飽きてしまったのかもしれない。あるいは佐野の言う「無化」が、川津の内面にも起きたのかもしれない。

こういう考えは、数時間たてば消えてなくなるかもしれない。すぐにまた、選ばれなければ生きている意味がないと、あくせくする日々に戻るかもしれない。しかしたとえ一瞬にせよ、自分のようなレベルの者がこのような境地に達し得たことを、奇跡と呼ばずして何と呼べばよいのだろう。

この作品は徳間文庫のために書下されました。
なお本作品はフィクションであり実在の個人・団体などとは一切関係がありません。

徳間文庫

ある実験（じっけん）

一人選べと先生が言った

2020年8月15日 初刷

著者 両角長彦（もろずみたけひこ）
発行者 小宮英行
発行所 株式会社徳間書店
東京都品川区上大崎三―一―一 〒141―8202
目黒セントラルスクエア
電話 編集〇三(五四〇三)四三四九
販売〇四九(二九三)五五二一
振替 〇〇一四〇―〇―四四三九二
印刷 大日本印刷株式会社
製本

ISBN978-4-19-894553-4 （乱丁、落丁本はお取りかえいたします）